Charles Bukowski
Contes de la folie ordinaire

Charles Bukowski

Contes de la folie ordinaire

Préface de
Jean-François Bizot

France Loisirs
123, bd de Grenelle - Paris

Édition du Club France Loisirs, Paris,
avec l'autorisation des Éditions Grasset et Fasquelle

Titre original :
*Erections, ejaculations, exhibitions
and general tales of ordinary madness*
Traduit de l'américain
par Jean-François Bizot
et Léon Mercadet

© 1967-1972, by Charles Bukowski.
Le Sagittaire, Paris, 1977.
© Editions Grasset et Fasquelle, 1981.

ISBN : 2-7242-1256-8

LE JOUR OÙ J'AI RENCONTRÉ BUKOWSKI

J'avais envie de voir la gueule de Charles Bukowski, l'écrivain de Los Angeles. Je voulais respirer de près son haleine épaisse de vieil alcolo.

J'aimais déjà avant ce Rabelais qui carbure à la bière, ce Miller ventru qui débite en toute simplicité d'ignobles vérités. Il fallait que je le rencontre, que je lui cause, et surtout : il fallait traduire ses textes.

On m'a donné son adresse au Los Angeles Free Press, le journal underground qui a été racheté par la Mafia.

Je sonne chez lui. J'attends devant une porte vitrée, au rez-de-chaussée d'un pavillon vert pomme, entouré de pavillons tout aussi vert pomme. Il est seulement midi et demie. Bukowski doit cuver sa bière. Non. La porte s'ouvre. C'est lui. Il a un énorme bedon blanc et une tronche vérolée de vieil hobereau prussien. Par principe et pour voir, il est d'abord méfiant et bourru. Je prononce enfin la phrase magique :

— I come from Paris.

Sourire. Il me fait entrer et va se poser sur un canapé. Je repère des bouteilles de bière dans le décor. On dirait un pavillon témoin des années cinquante. Et partout des bouteilles de bière. Vides. Sur la moquette archi usée. Sur les accoudoirs des fauteuils. Dans les plis de l'édredon sur le lit. Sous les chaises. Dans une poubelle. Au moins deux cents bouteilles de bière. Beaucoup de Budweiser. A part ça, rien, sauf une machine à écrire sur une petite table et une dizaine de livres qui traînent là un peu au hasard.

Bukowski s'enfonce dans les coussins en polyuréthane de son canapé. Sa chemise bâille sur un maillot de corps troué. Le pantalon ferme mal sur sa bedaine. Son œil commence à briller et quand l'œil de Bukowski brille, on a envie de se marrer. Il se penche vers moi et chuchote:

— *Il y a une fille dans la salle de bains... Elle fait un mètre quatre-vingt-dix.*

Il rigole.

Bukowski doit avoir cinquante-cinq ans. Il a fait des tas de métiers. Il a vomi ses tripes dans tous les bars de L.A., traîné sa dégaine de clodo sur tous les champs de courses et s'est fait virer à coups de pompes de toutes les fêtes où on l'a invité. Il est bien trop intolérable. A cinquante ans, il est devenu écrivain, romancier et poète, chroniqueur aussi dans la presse underground.

On entend du bruit dans la cour. Bukowski se lève d'un bond et, le bide à l'air, va gueuler à la fenêtre:

— *Saloperie de merde! J'en ai marre de vos foutues poubelles! Faut être con pour foutre des bouteilles dans ces poubelles de merde!*

Son œil se marre encore. Je regarde sa

poubelle remplie de bouteilles. Il a le don d'envenimer les choses pour que «ça pète». Parfois, ça se termine avec des coups. Alors il mouche son sang qui pisse et se met une escalope sur la bosse.

Et Miller? Il ne l'a jamais rencontré. On avait arrangé un tête-à-tête mais Bukowski a oublié d'y aller. Même chose pour Ginsberg et Burroughs, qu'il a seulement entrevus une fois, par hasard, dans un studio de radio. Bukowski est un solitaire.

Il se marre:

— Tu es mon premier écrivain.

Bukowski écrit ses romans d'une traite, en vingt ou trente jours, et en travaillant douze heures d'affilée. Il compose aussi des poèmes, cinq ou même dix dans une seule nuit. Il marche à la bière, avec parfois un petit joint pour s'y mettre.

— La bière ça te donne pas des rushes comme l'alcool et ça tient compagnie toute la nuit. Le problème avec les joints, c'est que tu te marres et que tu arrêtes d'écrire!

Charles se lève. Il va mettre une autre chemise. Au fond, il est content qu'on vienne le voir de Paris. Il enfile une chemisette jaune canari.

— Superbe, hein? Je l'ai mise en ton honneur.

Il commence à raconter des horreurs, avec une pointe d'ironie qui fait tout passer.

— L'autre soir, j'étais à cette fête. Une blonde avec un chemisier en soie vient me parler. Elle a des pilules plein la poche. Elle me les fait voir. Je lui demande si elles sont bonnes. Elle m'envoie un de ces sourires! J'en prends une quinzaine et je les frotte contre mes lèvres. Je suis pas rasé. J'ai ma tronche de

vieux vérolé et je suce ces trucs. La fille panique. Alors je les lui rends, tout mouillés, all goochy-goochy...

L'œil pétille.

Toutes les histoires de Bukowski sont aussi vraies qu'infectes et, en cela, font honneur à la littérature : il raconte ce que les autres enjolivent et dissimulent. Le sexisme, la misère du quotidien, la violence et les sentiments de ceux qui se curent le nez. Et c'est pour ça qu'il gêne : il parle à tout le monde.

— *Je ne vais plus dans les bars. J'ai l'estomac fragile maintenant. Mon rêve, ce serait de me fringuer à mort et d'aller dans un restaurant chic. Je me planterais au bar, je boirais en me foutant du maître d'hôtel, jusqu'à ce que le cuisinier fiche le camp.*

La copine de Charles sort de la salle de bains. Elle est grande, ça oui, avec une tête d'étudiante des années soixante. Elle me dit :

— *Alors, Charles est très connu en France ?*

Non, personne ou presque ne le connaît en France.

Il rit :

— *J'ai cinquante-cinq ans, il me reste trente ans à vivre. Je fais attention. Tiens, je boirais bien un coca.*

On est un samedi.

— *Charles, tu vas aux courses ?*

— *Non, trop de touristes le samedi.*

Il a envie de fumer un joint. En Californie, on doit bien fumer dix tonnes d'herbe chaque jour. Il se souvient du temps où il allait lire ses poèmes dans les facs. Un jour il a trouvé les étudiants si cons qu'il a arrêté sa lecture et s'est mis à leur poser des questions, puis à les couvrir d'insultes. Bande de cons !

Et Bukowski se met à parler du diable :

— *Il est pas mal, mais il fait trop d'erreurs.*
— *Et Dieu?*
— *C'est vrai. Je suis un con. Dieu c'est pire.*

Jean-François Bizot

Cet ouvrage est une sélection, approuvée par l'auteur, des textes contenus dans l'édition américaine.
Un second volume, à paraître en 1978, regroupera tous les textes qui n'ont donc pu prendre place dans ce recueil.

LA PLUS JOLIE FILLE DE LA VILLE

De ses cinq sœurs, Cass était la plus jeune et la plus jolie. D'ailleurs, Cass était la plus jolie fille de la ville. Cinquante pour cent de sang indien dans les veines de ce corps étonnant, vif et sauvage comme un serpent, avec des yeux assortis. Cass était une flamme mouvante, un elfe coincé dans une forme incapable de la retenir. Longs, noirs, soyeux, ses cheveux tournoyaient comme tournoyait son corps. Tantôt déprimée, tantôt en pleine forme, avec Cass c'était tout ou rien. On la disait cinglée. On : les moroses, les moroses qui ne comprendront jamais Cass. Pour les mecs, elle n'était qu'une machine baiseuse. Cinglée ou pas, ils s'en moquaient. Cass aimait la danse, le flirt, embrasser les hommes, mais, sauf pour deux ou trois, au moment où les types allaient se la faire, Cass leur avait toujours filé entre les pattes, salut les mecs.

Ses sœurs lui reprochaient de mal utiliser sa beauté, et de ne pas se servir assez de sa tête. Pourtant, Cass était intelligente, et elle avait une âme. Elle aimait la peinture, la danse, le chant, la poterie, et quand les gens souffraient, allaient mal, Cass avait vraiment de la peine pour eux. C'est bien simple : Cass ne ressemblait à personne ; Cass n'avait pas l'esprit pratique. Ses sœurs étaient jalouses parce qu'elle séduisait leurs bonshommes, et puis elles lui en voulaient de ne pas mieux les exploiter. C'est avec les laids qu'elle se montrait la plus gentille, les soi-disant beaux mâles lui répugnaient : « Rien dans le ventre, rien dans la tête, disait-elle. Un joli petit nez, des petites oreilles bien ourlées, et ils commencent à rouler. Tout en surface, rien à l'intérieur. » Telle qu'elle était, Cass frôlait la folie ; telle qu'elle était, on la traitait de folle.

L'alcool avait tué son père et la mère avait disparu en abandonnant ses filles. Les filles avaient été voir un oncle, qui les mit au couvent. Là, plus encore que ses sœurs, Cass avait été malheureuse. Toutes les filles étaient jalouses de Cass, et Cass avait dû se battre avec la plupart. Elle était marquée au rasoir sur le bras gauche, en souvenir de deux bagarres. Une cicatrice lui barrait la joue mais cette cicatrice, loin de l'enlaidir, rehaussait sa beauté.

J'ai connu Cass au West End Bar quelques nuits après sa sortie du couvent. Plus jeune que ses sœurs, elle avait été relâchée la dernière. Elle est venue s'asseoir à côté de moi, sans façons. J'étais sûrement l'homme le plus laid de la ville, ça a peut-être un rapport.

Je lui ai demandé :
— Tu bois quelque chose ?
— Pourquoi pas ?

Je ne crois pas que nous ayons dit des choses extraordinaires cette nuit-là. Mais avec Cass, tout changeait. Elle m'avait choisi, c'était aussi simple que ça. Rien ne la pressait. Son verre lui a paru bon et elle en a repris d'autres. Cass avait l'air d'une gamine, mais on la servait quand même. Elle devait montrer de faux papiers au barman, je ne sais pas. Bref, à chaque fois qu'elle revenait des w.-c. et qu'elle s'asseyait à côté de moi, je me sentais très fier. Cass était la plus jolie fille de la ville et aussi une des plus jolies filles que j'ai jamais connues. Je l'ai prise par la taille et je l'ai embrassée.

— Tu me trouves jolie ?

— Oui bien sûr, mais il y a autre chose... il y a plus que ton visage...

— Tout le monde me reproche d'être jolie. Je suis vraiment jolie ?

— Jolie n'est pas le mot, c'est même presque impoli.

Cass a plongé la main dans son sac et j'ai cru qu'elle cherchait un mouchoir. Elle a ressorti une longue aiguille à chapeau. Je n'ai rien pu faire, elle s'est plongé l'aiguille dans le nez, juste au-dessus des narines. J'ai été dégoûté et horrifié.

Cass m'a regardé en riant :

— Alors, je suis toujours jolie ? J'attends ton avis, mec !

J'ai retiré l'aiguille et j'ai arrêté le sang avec mon mouchoir. Plusieurs personnes, dont le barman, avaient assisté à la scène. Le barman s'est amené :

— Dites donc, recommencez votre cirque et je vous mets dehors. On n'a pas besoin de vos comédies ici.

— Va te faire foutre, mec !

— Feriez mieux de la surveiller, m'a dit le barman.

— Ne vous en faites pas pour elle.

Cass a crié :

— C'est *mon* nez, et je fais ce que je veux avec !

— Non, dis-je, ça me fait mal.

— Ça te fait mal que je me plante une aiguille dans le nez ?

— Oui.

— Bon, je ne recommencerai plus. Allez, fais un sourire !

Cass m'a embrassé, avec une petite grimace sous son baiser, mon mouchoir pressé sur le nez. Le bar a fermé et nous sommes allés chez moi. Il restait de la bière, on s'est assis pour bavarder, et là, j'ai vraiment senti combien Cass était une fille gentille, ouverte. Elle se donnait sans réfléchir. Mais il suffisait d'une seconde pour qu'elle se referme, qu'elle retombe dans son incohérence sauvage. Schizo. Belle, intelligente et schizo. Un homme, le moindre accident, pouvaient la démolir pour toujours. Je me disais : pourvu que ça ne soit pas moi.

On est allés au lit, j'ai éteint la lumière et Cass m'a demandé :

— Tu as envie quand ? Tout de suite ou demain matin ?

— Demain matin.

Et j'ai tourné le dos.

Le lendemain matin, je me suis levé, j'ai préparé deux cafés et j'en ai porté un à Cass.

Elle a ri :

— Tu es le premier type que je rencontre qui débande la nuit.

— Bah, on n'a pas besoin de ça, toi et moi.

— Si, j'ai envie et tout de suite. Attends-moi, je reviens !

Cass a disparu dans la salle de bains. Elle est ressortie dans la minute, éblouissante, ses longs cheveux noirs brillaient, ses yeux brillaient, *elle* brillait. Cass ondulait vers moi tranquille et nue, et c'était bien. Elle s'est glissée sous les draps.

— Viens, mon amant.

Je suis venu.

Cass embrassait longuement et sans impatience. J'ai caressé sa peau, ses cheveux, puis je suis monté sur elle. C'était chaud et serré. Je lui ai fait l'amour doucement, je voulais que ça dure. Elle me regardait droit dans les yeux. J'ai demandé :

— Comment tu t'appelles ?

— Qu'est-ce que ça peut bien te faire ?

J'ai ri, et on a continué à baiser. Plus tard, elle s'est rhabillée et je l'ai ramenée au bar, mais impossible de l'oublier. Je n'avais pas de boulot et j'ai dormi jusqu'à deux heures, puis je me suis levé pour lire le journal. J'étais dans la baignoire quand Cass est arrivée avec une énorme plante, un bégonia.

— Je savais que je te trouverais dans la baignoire, je t'ai amené de quoi cacher ton machin, petit sauvage !

Cass m'a jeté le bégonia dans la baignoire.

— Et comment savais-tu que je serais dans la baignoire ?

— Je le savais.

Presque chaque jour Cass arrivait quand j'étais dans la baignoire. Je n'avais pas d'horaire fixe mais elle se trompait rarement, toujours avec un bégonia. Ensuite on faisait l'amour.

Une ou deux fois, elle m'a téléphoné en pleine nuit pour que je vienne la sortir de taule, après une bagarre ou un verre de trop. Cass racontait :

— Les salauds, tu les laisses te payer un

verre et ils se croient obligés de te mettre la main dans la culotte.
— Quand tu dis oui, tu sais ce qui t'attend.
— Je crois toujours qu'ils s'intéressent à *moi*, pas seulement à mon corps.
— Moi je m'intéresse à toi *et* à ton corps. Cela dit, la plupart des types ne doivent pas voir plus loin que tes fesses.

J'ai quitté la ville six mois, histoire de prendre l'air. Je pensais toujours à Cass mais on avait eu une petite discussion, et puis j'avais envie de bouger. Quand je suis revenu, je la croyais déjà loin, mais elle est arrivée au West End Bar une demi-heure après moi.
— Salut, salaud, alors on est revenu ?
Je lui ai commandé un verre. Puis je l'ai regardée. Elle portait une robe à col montant. Je ne lui avais jamais vu une robe pareille. Et, enfoncées sous ses yeux, deux épingles à tête de verre. On ne voyait que les têtes de verre, mais les épingles dessous étaient bien plantées.
— Bon sang, tu essayes encore de t'abîmer, hein ?
— Idiot, c'est la mode.
— Tu es cinglée.
— Tu m'as manqué.
— Il y a quelqu'un d'autre ?
— Non, il n'y a personne d'autre. Rien que toi. Mais maintenant je tapine. C'est dix dollars, gratuit pour toi.
— Enlève ces épingles !
— C'est la mode !
— Ça me fait beaucoup de peine.
— C'est vrai ?
— Bien sûr que c'est vrai.
Cass a retiré les épingles, lentement, et les a remises dans le sac.

— Pourquoi vends-tu ta beauté ? Ça ne te suffit pas d'être belle ?

— Pour les gens c'est tout ce que j'ai, ma beauté. La beauté n'existe pas, la beauté ne dure pas. Toi, tu es laid, et tu ne connais pas ta chance : au moins, si on t'aime, c'est pour une autre raison.

— D'accord, j'ai de la chance.

— D'ailleurs, es-tu vraiment laid ? Les gens pensent que oui, moi je ne sais pas. Tu as un visage fascinant.

— Merci.

On a repris un verre, puis Cass m'a demandé :

— Qu'est-ce que tu fais, en ce moment ?

— Rien. Je n'arrive pas à m'y mettre. Rien ne m'inspire.

— Moi non plus. Si tu étais une femme, tu pourrais tapiner.

— Je n'ai pas très envie de contacts si intimes avec tous ces inconnus. C'est épuisant.

— Tu as raison, c'est épuisant, et puis tout m'épuise.

On est sortis ensemble. Dans la rue les gens se retournaient sur Cass, comme d'habitude. Cass était toujours une belle fille, et plus belle que jamais.

On est rentrés chez moi, j'ai entamé un litre de vin et on a bavardé. Cass et moi, on n'avait pas de problème pour parler. Elle parlait, j'écoutais, je parlais. La conversation roulait tranquille. On avait l'impression de découvrir des secrets ensemble. Quand on en découvrait un bon, Cass riait — de son rire à elle. On aurait dit la joie qui sort de la flamme. Tout en causant on s'embrassait et on se serrait l'un contre l'autre. Ça nous a chauffé le sang et on a décidé de se coucher. Alors Cass a enlevé sa robe montante et je l'ai vue — une cicatrice affreuse en travers de la gorge, large et profonde.

J'ai crié du fond du lit :

— Putain de bonne femme, qu'est-ce que tu as fait encore ?

— C'est l'autre nuit avec un tesson, un coup d'essai. Quoi, tu ne m'aimes plus ? Je ne suis plus jolie ?

J'ai tiré Cass sur le lit et je l'ai embrassée. Elle s'est dégagée en riant :

— Il y a des types qui me filent les dix dollars, je me déshabille et hop, ils n'ont plus envie de baiser. Je garde les dix dollars. C'est très drôle.

— Très. Je meurs de rire... Cass, connasse, je t'aime... arrête de te démolir. Tu es la fille la plus vivante que j'ai jamais rencontrée.

On s'est encore embrassés. Cass pleurait sans bruit, ses larmes gouttaient sur ma peau. Ses longs cheveux noirs m'enveloppaient comme le drapeau de la mort. Notre étreinte fut lente, obscure et merveilleuse.

Au matin Cass s'est levée pour préparer le petit déjeuner. Elle avait l'air calme et heureuse. Elle chantait. Je suis resté au lit, je savourais mon bonheur. Cass est venue me secouer :

— Debout les morts ! Débarbouille-toi, lave ta queue et viens becqueter, je t'invite !

Ce jour-là, on est allé à la plage en bagnole. Un jour de semaine, désert et magnifique, à la fin du printemps. Les clodos de la plage dormaient dans leurs guenilles, sur l'herbe à côté du sable. D'autres étaient assis sur les bancs de pierre et partageaient une triste bouteille. Les mouettes tournoyaient, follement indifférentes. Des vieilles de soixante-dix ans et plus étaient assises sur les bancs et parlaient de liquider des héritages laissés depuis longtemps par des maris lâchés au train et achevés par la connerie. Pour tout dire, il y avait de la sérénité dans l'air et nous avons marché un moment avant de nous allonger sur l'herbe, sans un mot. On était bien ensemble, voilà tout. J'ai acheté deux sandwiches, des chips, des bières, et nous avons déjeuné sur le sable. Puis j'ai serré Cass contre moi et nous avons dormi une petite heure. C'était meilleur encore, peut-être, que de faire l'amour. Filer ensemble dans le sommeil sans la secousse du désir. Nous sommes revenus chez moi et j'ai préparé à dîner. Après le dîner, j'ai demandé à Cass si elle voulait vivre avec moi. Elle a pris son temps, puis elle m'a regardé et elle a dit :

— Non.

Je l'ai reconduite au bar et je l'ai laissée après un dernier verre.

Le lendemain, j'ai déniché un boulot de magasinier dans une usine et j'ai terminé la semaine en bossant. J'étais trop crevé pour faire autre chose mais le vendredi soir je suis retourné au West End Bar. Je me suis installé et j'ai attendu Cass. Les heures ont passé. Quand j'ai été bien beurré, le barman m'a parlé :

— Désolé, pour votre petite amie.
— Quoi ?
— Vraiment désolé. Vous n'étiez pas au courant ?
— Non.
— Suicide. On l'a enterrée hier.
— Enterrée ?

Et moi qui guettais son arrivée. Comment avait-elle pu faire une chose pareille ?

— Ses sœurs se sont occupées de tout.

— Suicidée ? Je peux vous demander comment ?

— Elle s'est ouvert la gorge.

— J'ai compris. Donnez-moi à boire.

J'ai picolé jusqu'à la fermeture. Cass, la plus jolie des cinq sœurs, la plus jolie fille de la ville. J'ai réussi à rentrer avec ma bagnole et je suis resté à cogiter. Quand elle m'a dit ce *non*, j'aurais dû *insister* au lieu de me taire. Je lui avais demandé de vivre avec moi et ça l'avait touchée, j'en suis sûr. Dans cette histoire j'avais été trop réservé, trop distant, trop flemmard. Je méritais de crever et je méritais sa mort. Je n'étais qu'un chien. Et là, j'insulte les chiens. Je me suis levé, j'ai déniché une bouteille de vin et je l'ai vidée comme une brute. La plus jolie fille de la ville, Cass, morte à vingt ans.

Dans la rue ça klaxonnait. Les types appuyaient à fond, ils insistaient. J'ai balancé la bouteille et j'ai gueulé :

— FERMEZ-LA, FILS DE PUTES !

La nuit tombait lentement et c'était trop tard.

LA VIE DANS UN BORDEL
AU TEXAS

Je suis descendu du car dans ce bled au Texas, il faisait froid, j'étais constipé et — coup de chance — je trouve une chambre très grande, propre, pas plus de cinq dollars la semaine, avec une cheminée, mais je venais à peine de me déshabiller quand le vieux noir s'est pointé au pas de course et s'est mis à fourrager dans le foyer avec un long tisonnier. Il n'y avait pas de bois dans la cheminée et je me demandais ce qu'il fabriquait avec son tisonnier. Puis ce type m'a regardé, il a pris son courage a deux mains et il a balancé un drôle de soupir : « issssss, issss ». J'ai pensé : je ne sais pas pourquoi, mais il me prend pour une tante, et comme je n'en suis pas une je ne peux rien faire pour lui. Bah, c'est la vie et le monde a toujours marché comme ça. Le vieux a tourné deux trois fois dans la pièce avec son tisonnier et il s'est tiré.

J'ai escaladé le lit. Les voyages en car me constipent toujours et me flanquent des insomnies, d'ailleurs je n'arrive jamais à dormir.

Bref, le noir au tisonnier a disparu et je me suis allongé sur le lit en me disant : « Si tout va bien, dans trois jours j'arriverai peut-être à chier. »

On a rouvert la porte et voilà qu'entre une créature plutôt accorte, elle se met à genoux pour récurer la boiserie, avec son cul qui tortille et se retortille.

— Ça te dit, une jolie fille ?
— Non. Trop crevé. Je débarque du car. Tout ce que je veux, c'est dormir.
— Rien de tel qu'un beau cul pour aider à s'endormir. Cinq dollars tout compris.
— Je suis trop fatigué.
— Une jolie fille, très propre ?
— Où ça ?
— C'est moi.

Elle s'est mise debout en face de moi.
— Désolé. Trop fatigué, vraiment.
— Deux dollars.
— Désolé.

Elle s'est tirée. Trois minutes plus tard, j'ai entendu la voix du type.

— Quoi ? T'es même pas capable de lui refiler ton cul ? On lui passe la meilleure chambre, pour cinq dollars seulement, et tu racontes qu'il veut pas de ton cul ?
— Mais Bruno, j'ai essayé ! Dieu le sait, Bruno ! J'ai essayé !
— Sale pute !

Je connaissais la musique. L'autre a cogné, et ce n'était pas une gifle. Les bons macs font attention à ne pas abîmer le visage. Ils claquent la joue, la mâchoire, en évitant les yeux et les lèvres. Le Bruno devait être à la tête d'une forte écurie. C'était carrément le bruit sourd d'un poing sur un crâne. La fille braillait, elle a rebondi contre le mur, et le frère

Bruno l'a ramassée avec un direct. Elle valsait entre la cloison et les poings, elle criait, et moi, allongé sur mon lit, je pensais que, d'accord, la vie est parfois digne d'intérêt mais que là, *vraiment,* je n'avais nulle envie de me farcir tout ce boucan. Si j'avais su, j'aurais passé un moment avec elle.

Je me suis endormi.

Au matin, je me suis levé et habillé. Bien sûr que je me suis habillé ! Mais toujours impossible de chier. Alors je suis sorti dans la rue et j'ai marché en passant en revue les magasins de photo. Je suis entré dans le premier.

— Monsieur ? C'est pour une photographie ?

La jolie rousse m'envoyait son sourire.

— Avec ma binette ? Non, je cherche Gloria Westhaven.

— Gloria Westhaven ? C'est moi.

La fille a croisé les jambes, en remontant sa jupe, et je me suis dit qu'il fallait mourir pour connaître le paradis.

— Qu'est-ce que vous me racontez ? Vous n'êtes pas Gloria Westhaven. Gloria Westhaven, je l'ai rencontrée dans le car, en venant de Los Angeles.

— Et qu'a-t-elle de si particulier, *elle ?*

— Eh bien, j'ai appris que sa mère tenait un magasin de photo, et j'essaye de la retrouver. Dans le car, il s'est passé quelque chose entre nous.

— Vous voulez dire que rien ne s'est passé, dans le car.

— On s'est rencontrés. Quand elle est descendue, elle avait des larmes plein les yeux. J'ai fait le trajet jusqu'à La Nouvelle Orléans, et j'ai repris le car en sens inverse. Gloria est la première femme qui pleure à cause de moi.

— Elle pleurait peut-être à cause d'autre chose.

— C'est ce que je croyais, avant que les autres passagers commencent à m'engueuler.

— Et tout ce que vous savez, c'est que sa mère tient un magasin de photo ?

— Oui.

— Dans ce cas, écoutez. Je connais bien le directeur du journal qui compte dans le coin.

— Ça ne m'étonne pas, dis-je, et j'ai regardé ses jambes.

— Laissez-moi votre nom et votre adresse. Je lui raconterai votre histoire. Il faudra seulement changer quelques détails. Vous vous êtes rencontrés dans un avion, vu ? Coup de foudre dans les nuages. Vous vous êtes séparés et perdus de vue, d'accord ? Vous avez repris l'avion depuis La Nouvelle Orléans et tout ce que vous savez, c'est que sa mère est photographe. Compris ? Ça passera dans le journal de demain, dans la rubrique de M... K... O.K. ?

J'ai dit : « O.K. » et j'ai regardé une dernière fois ses guibolles. Quand je suis sorti, elle décrochait le combiné. J'étais dans la deuxième ou troisième ville du Texas et on me traitait comme un patron. J'ai marché jusqu'au premier bar...

Il y avait beaucoup de monde pour l'heure qu'il était. Je me suis assis sur le seul tabouret de libre. En fait non, il restait deux tabourets de libres : un à droite du gros lard, et un à gauche. Le gros lard pouvait avoir vingt-cinq ans ; deux mètres vingt et cent vingt kilos bien emballés. J'ai donc pris l'un des tabourets et j'ai demandé une bière. Je l'ai vidée, et j'ai repassé commande.

— J'aime quand on boit comme ça, a dit le gros. Ici, il n'y a que des pédés, ils s'asseoient

et ils dorlotent leur demi pendant des heures.
Des lavettes. J'aime ta façon de lever le
coude, étranger. Dis-moi, qu'est-ce tu fabriques
dans le coin ? D'où que tu sors ?

— Je ne fabrique rien dans le coin, et je sors
de Californie.

— T'es sur un coup ?

— Sur rien, non. Je me balade, point à la
ligne.

J'ai bu la moitié de ma seconde bière.

— Je t'aime bien, étranger, a dit le gros, et
je vais même te faire une confidence. Mais je
vais te parler à l'oreille. Parce que même si je
suis un gros, j'ai bien peur qu'on ne fasse pas
le poids ici, toi et moi.

— Accouche, ai-je dit en finissant ma bière.

Le gros s'est penché vers moi et il a chuchoté :

— Les Texans puent.

J'ai jeté un œil tout autour et j'ai hoché la
tête, tranquille :

— Oui.

Quand le gros a cogné, je me suis retrouvé
sous une table que la serveuse venait d'installer
pour la nuit. Je suis sorti en rampant, j'ai
essuyé ma bouche avec un tire-jus, j'ai regardé
tous les types en train de rigoler et je me suis
tiré...

Une fois devant l'hôtel, je suis resté bloqué
dehors. Un journal coinçait la porte, tout juste
entrebâillée.

— Hé, je peux rentrer ?

— Qui êtes-vous ?

— Bukowski. Chambre 102. J'ai payé pour
une semaine.

— Vous n'avez pas de godillots, au moins ?

— Des godillots ?

— Des rangers.

— Des rangers ?
— Ça va, entrez ! a dit le type.

Je n'ai pas attendu dix minutes pour m'écrouler sur lit, avec la moustiquaire ramassée tout autour de moi. Le lit — et c'était un grand lit, avec une espèce de toit — était entouré par cette moustiquaire. Je l'ai roulée comme un boudin et je me suis étendu au milieu. Je me sentais bien un peu bizarre mais, vu la situation, autant se sentir bizarre. Sans pitié, une clé a tourné dans la porte et la porte s'est ouverte. Une négresse, cette fois, petite et dodue, un visage plutôt joli et un énorme cul.

Et voilà cette bonne grosse noire qui arrache ma moustiquaire bizarre et qui dit :

— Debout, chéri, c'est l'heure de changer de drap !

— Mais je suis arrivé hier !

— Chéri, le jour du changement de drap ne dépend pas du jour de ton arrivée. Allez, maintenant, enlève tes petites fesses roses et laisse-moi faire mon travail.

— Bon, ça va.

J'ai sauté du lit, tout nu. Ça n'a pas semblé la déranger.

— Tu as un drôle de bon lit, chéri. Le meilleur lit et la meilleure chambre de l'hôtel.

— On dirait que j'ai de la chance.

Elle tendait les draps et je regardais son énorme cul. Elle me le montrait, son énorme cul, puis elle s'est retournée en disant :

— Voilà, chéri, ton lit est fait. Tu n'as besoin de rien ?

— Eh bien, j'aimerais une douzaine de canettes.

— Je vais les chercher pour toi. Donne l'argent d'abord.

Je lui ai donné l'argent et je me suis dit :

« Bon, encore une que je ne reverrai plus ». J'ai récupéré la moustiquaire et j'ai décidé de dormir et d'oublier. Mais la grosse noire est revenue, j'ai rejeté la moustiquaire, on s'est assis et on a causé en buvant aux canettes.

Je lui ai dit :

— Parle-moi de toi.

Elle s'est marrée, et elle m'a raconté. Sa vie, bien sûr, n'avait pas été facile. Je n'ai aucune idée du temps qu'on a passé à picoler. A la fin, elle a grimpé sur le lit, et ça a été un des meilleurs coups de ma vie...

Le lendemain matin, je me suis levé et je suis descendu acheter le journal. Mon histoire était bien dans la chronique de ce fameux chroniqueur. On citait mon nom : Charles Bukowski, romancier, journaliste, grand voyageur. La belle dame et moi, on s'était rencontrés dans les nuages, elle était descendue au Texas et j'avais dû continuer jusqu'à La Nouvelle Orléans, pour m'acquitter d'une mission. Ensuite, l'avion du retour, avec la belle dame toujours bien installée dans mon souvenir. Et, pour unique renseignement, sa mère qui tenait un magasin de photo.

Je suis retourné à l'hôtel, j'ai vidé une pinte de whisky, cinq ou six canettes et, enfin, j'ai réussi à chier — un acte exaltant ! On aurait dû l'imprimer, ça aussi.

Je suis remonté dans la moustiquaire. Le téléphone a sonné, j'ai décroché.

— On vous demande, Monsieur Bukowski. Le rédacteur en chef du... Vous prenez la communication ?

— Oui. Allô ?

— Charles Bukowski ?

— Oui.

— Que faites-vous dans cet hôtel minable ?

— Quoi ? Je trouve ces gens très gentils !

— C'est le bordel le plus pourri de la ville. Ça fait quinze ans qu'on essaie de les virer. Qu'est-ce que vous faites là ?

— Il faisait froid. J'ai poussé la première porte. Je suis arrivé en car, il faisait vraiment froid.

— Comment ? Vous avez oublié ? Vous êtes venu en avion.

— Je me souviens très bien.

— J'ai l'adresse de la dame. Vous la voulez ?

— D'accord, si c'est d'accord pour vous. Sinon, n'en parlons plus.

— Je me demande seulement ce que vous fabriquez dans un endroit pareil.

— D'accord, vous êtes le patron du plus gros canard local, vous m'avez téléphoné, et moi, je suis dans un bordel texan. N'en parlons plus, ça vaudra mieux. La femme pleurait ou je ne sais quoi, et ça m'a travaillé la cervelle. Je prendrai le premier car...

— Attendez !

— Attendre quoi ?

— L'adresse, je vous la donne. La dame a lu l'article, et même entre les lignes. Elle a téléphoné. Elle veut vous voir. Et je ne lui ai pas dit où vous logez. Chez nous, au Texas, on a le sens des convenances.

— Je sais. J'ai appris ça l'autre soir, dans un de vos bars.

— Parce qu'en plus, vous buvez ?

— Je ne bois pas, je me saoule.

— Je me demande si je dois vraiment vous donner cette adresse.

— Dans ce cas, oubliez tout.

Et j'ai raccroché...

Téléphone.

— C'est pour vous, Monsieur Bukowski. Le rédacteur en chef du....

— Passez-le-moi.

— Ecoutez, Monsieur Bukowski, votre histoire intéresse un grand nombre de nos lecteurs. Ils veulent savoir la suite.

— Dites à vos journalistes de se servir de leur imagination.

— Dites-moi, ça vous ennuie si je vous demande de quoi vous vivez ?

— Je ne travaille pas.

— Et ça vous suffit de sauter de car en car en faisant pleurer les jeunes dames ?

— Ce n'est pas à la portée du premier venu.

— Ça va, je prends le risque. Je vous donne l'adresse. Mais dépêchez vous d'y aller.

— Et si, dans ce coup-là, c'était moi qui le prenais, le risque ?

Il m'a donné l'adresse.

— Je vous explique le chemin ?

— Pas la peine. Si je suis capable de trouver le bordel, je trouverai bien cette maison.

— Quelque chose me déplaît chez vous, dit-il.

— Ne vous tracassez pas. Si elle a de belles fesses, je vous rappellerai.

J'ai raccroché...

C'était un petit pavillon peint en marron. Une vieille dame est venue ouvrir.

— Je cherche Charles Bukowski, dis-je. Enfin, Gloria Westhaven.

— Je suis sa mère. Vous êtes l'homme de l'avion ?

— Je suis l'homme du car.

— Gloria a lu l'article. Elle a tout de suite compris.

— Parfait. Et maintenant ?

— Entrez donc.

Je suis entré.
La vieille femme a appelé :
— Gloria !
Gloria est arrivée. Elle avait l'air en forme. Une de ces Texanes rousses qui pètent de santé.
— Venez par ici. Laisse-nous, maman.
Gloria m'a conduit dans sa chambre, mais elle a laissé la porte ouverte. On s'est assis, à distance.
— Que faites-vous dans la vie ? a-t-elle demandé.
— Je suis écrivain.
— Oh, bravo ! Et qui est votre éditeur ?
— Je n'ai jamais été publié.
— Ah, dans ce cas vous n'êtes pas vraiment un écrivain.
— C'est juste. Et j'habite dans un bordel.
— Hein ?
— J'ai dit : c'est juste, je ne suis pas vraiment un écrivain.
— Non, après, qu'avez-vous dit après ?
— J'habite dans un bordel.
— Ça vous arrive souvent ?
— Non.
— Comment se fait-il que vous ne soyez pas à l'armée ?
— On n'a pas voulu de moi.
— Vous plaisantez !
— Heureusement non.
— Vous n'avez pas envie de vous battre ?
— Non.
— Mais ils ont bombardé Pearl Harbor !
— Je sais.
— Vous ne voulez pas vous battre contre Adolf Hitler ?
— Pas vraiment. J'aime autant que d'autres s'en occupent.

— Vous êtes un lâche !

— Tout à fait. Ça ne me dérangerait pas tellement de tuer un homme, mais je ne supporterais pas de dormir dans des casernes, au milieu d'une bande de ronfleurs, et d'être réveillé par un cinglé avec son clairon. Ensuite, je n'ai pas envie de rentrer dans cette saloperie caca d'oie qui démange la peau ; j'ai la peau très sensible.

— Je suis heureuse d'apprendre que vous avez une sensibilité quelque part.

— Moi aussi. Mais je préférerais que ça ne soit pas ma peau.

— Vous devriez écrire avec votre peau.

— Vous devriez écrire avec votre chatte.

— Vous êtes abject. Et lâche. Il faut repousser les hordes fascistes. Mon fiancé est lieutenant dans la marine. S'il était là maintenant, il vous casserait la figure.

— C'est probable, et je n'en serais que plus abject.

— Il vous apprendrait au moins à vous conduire en gentleman.

— Comme vous avez raison ! Si je tuais Mussolini, je serais un gentleman ?

— Evidemment.

— Dans ce cas, je m'engage demain.

— Je croyais qu'ils ne voulaient pas de vous.

— Je sais.

On est resté assis un moment, sans un mot. J'ai dit :

— Ecoutez, puis-je vous demander quelque chose ?

— Allez-y.

— Pourquoi vouliez-vous que je descende du car avec vous ? Et pourquoi avez-vous pleuré, quand j'ai refusé ?

— A cause de votre visage. Vous êtes plutôt laid, vous savez.
— Oui, je sais.
— Eh bien, votre visage est laid, mais tragique. Je voulais juste voir cet air tragique s'en aller. J'étais triste pour vous, alors j'ai pleuré. Pourquoi votre visage est-il aussi tragique ?
— Doux Jésus !

Je me suis levé et je me suis tiré.

Je suis rentré à pied au bordel. Le type à la porte m'a reconnu.

— Hé, champion, qu'est-ce que tu as pris sur la lèvre ?
— Une discussion sur le Texas.
— Le Texas ? T'étais pour ou contre le Texas ?
— Pour, forcément.
— La vie est dure, champion.
— Je sais.

Je suis monté dans ma chambre, j'ai décroché le téléphone et j'ai demandé au standard d'appeler le rédacteur en chef du journal.

— Bonjour mon vieux ! Ici Bukowski.
— Vous l'avez vue ?
— Je l'ai vue.
— Ça a marché ?
— Au poil. Vraiment au poil. J'ai bien perdu une heure. Dites ça à votre journaliste.

J'ai raccroché.

Je suis sorti et je suis retourné au bar de l'autre jour. Rien n'avait changé. Le gros lard était là, entre deux tabourets vides. Je me suis assis et j'ai commandé deux bières. J'ai bu la première d'un trait, puis la moitié de la seconde.

— Mais c'est mon pote ! a dit le gros. Comment ça va ?
— Ma peau. Elle est très sensible.

— Tu te souviens de moi ?
— Je me souviens de toi.
— Je croyais qu'on ne te reverrait plus.
— Tu me revois. Alors, on s'amuse un peu ?
— Etranger, ici au Texas, on ne s'amuse pas.
— Ah ouais ?
— Tu penses toujours que les Texans puent ?
— Certains, oui.

Je suis retourné sous la table. Sorti en rampant, levé et parti.

Je suis rentré à pied au bordel.

Le lendemain, le journal expliquait que la romance avait mal tourné ; j'avais repris l'avion pour La Nouvelle Orléans. J'ai remballé mes affaires et j'ai marché jusqu'à la gare routière. Arrivé à La Nouvelle Orléans, j'ai déniché une chambre convenable et je suis allé traîner. J'ai gardé les coupures du journal pendant quinze jours, puis je les ai balancées. Vous les auriez gardées, vous ?

LE PETIT RAMONEUR

Les trois premiers mois de mon mariage avec Sarah ne se passèrent pas trop mal, mais je dois dire que les ennuis n'ont pas tardé. Sarah cuisinait bien, et pour la première fois depuis des années je mangeais convenablement. J'ai commencé à prendre du poids, et Sarah a commencé à se plaindre :

— Henry, tu as de plus en plus l'air d'une dinde qu'on engraisse pour le Premier de l'An.

— C'est vrai, mon lapin.

J'étais magasinier chez un concessionnaire automobile et j'avais du mal à joindre les deux bouts. Mes seules joies étaient la bouffe, la bière et l'amour avec Sarah. C'est pas ce qu'on appelle une vie bien remplie mais il faut faire avec ce qu'on a. Sarah me comblait. Tout en elle s'épelait S.E.X.E. Je m'étais vraiment branché sur elle à l'arbre de Noël des employés du dépôt. Sarah était secrétaire. J'ai remarqué qu'aucun des types n'osait l'aborder pendant la petite fête mais je n'ai pas compris pourquoi. Je me suis approché, nous avons bu un verre et discuté. Sarah était merveilleuse. Pourtant, quelque chose me gênait dans ses yeux : ils vous dévisageaient sans jamais cligner. Elle est allée aux toilettes et je me suis dirigé vers Harry, le camionneur.

— Ecoute, Harry, pourquoi personne ne fait de gringue à Sarah ?
— C'est une sorcière, mon vieux, une vraie. Pas touche.
— Les sorcières n'existent pas, Harry. C'est prouvé. Toutes ces femmes qu'on a brûlées dans le temps, c'était une horrible erreur. Il n'y a pas de sorcières.
— On a peut-être brûlé un paquet d'innocentes, je n'en sais rien. Mais cette salope est une sorcière, crois-moi.
— Elle a besoin de compréhension, c'est tout.
— Elle a besoin d'une victime.
— Qu'est-ce que t'en sais ?
— Les faits. Deux types déjà. Manny, un vendeur, et Lincoln, un employé.
— Et alors ?
— Ils ont disparu sous nos yeux, comme ça, petit à petit ; on les a vus se liquéfier...
— Hein ?
— Je préfère ne pas en parler, tu vas croire que je déraille.

Harry s'est éloigné, et Sarah est revenue des toilettes, très belle.

— Qu'est-ce que Harry t'a raconté sur moi ?
— Qui te dit que j'ai parlé avec Harry ?
— Je le sais.
— Il n'a pas dit grand-chose.
— De toute façon, c'est des conneries. Je l'ai rembarré et il est jaloux. Il adore dire du mal des autres.
— Les opinions de Harry me laissent froid.
— Toi et moi on va baiser, Henry.

Sarah est venue chez moi après la fête et je peux vous dire qu'on ne m'avait jamais fait l'amour comme ça. La femme des femmes. Un mois plus tard on était mariés. Sarah a quitté son boulot vite fait, mais je n'ai rien dit, j'étais trop content. Elle cousait ses robes et se coupait les cheveux toute seule. Une femme remarquable, oui. Très remarquable.

Comme j'ai déjà dit, au bout de trois mois elle s'est mise à me chicaner sur mon poids. Au début elle plaisantait gentiment, puis ça a tourné à l'aigre. Et un soir où je rentrais du boulot :

— Enlève ces fringues dégueulasses !
— Qu'y a-t-il, chérie ?
— Tu m'as entendue, salopard ! A poil !

Sarah avait un peu changé, depuis notre rencontre. J'ai enlevé mes fringues et mon caleçon et je les ai jetés sur le canapé. Sarah me toisait.

— Beuark, un vrai sac de merde !
— Quoi, chérie ?
— Je dis que tu ressembles à un tonneau de merde !
— Enfin qu'est-ce qui te prend, mon lapin ? Tu cherches des histoires ?
— La ferme ! Regarde autour de ton ventre, des vrais pneus !

Sarah avait raison. On aurait dit un petit polochon de graisse qui me rembourrait les hanches. Elle a serré les poings et cogné mes pneus à coups redoublés.

— Il faut taper, casser la graisse, faire exploser les cellules...

Elle a encore cogné, plusieurs coups.

— Aïe, chérie ! tu me fais mal !
— Parfait ! Tape toi-même, maintenant !
— Hein ?

— Allez, plus vite que ça !

Je me suis cogné avec énergie. Quand j'ai arrêté les pneus étaient toujours là, mais extrêmement rouges.

— On va te débarrasser de cette merde.

Je me suis dit : C'est ça l'amour, et j'ai décidé de coopérer...

Sarah a commencé à rationner mes calories. Finies les fritures, le pain, les patates et les sauces ; j'ai tenu bon sur la bière, histoire de lui rappeler qui était le chef, ici.

— Non, non et non. Pas question de me passer de bière. Je t'aime beaucoup, mais je garde la bière !

— Très bien, on se débrouillera autrement.

— Se débrouiller pour quoi ?

— Et bien, pour faire gicler ta graisse, pour te rétrécir jusqu'à la bonne taille.

— Et qu'est-ce que la bonne taille ?

— Tu verras bien.

Chaque soir, au retour du boulot, c'était la même question :

— Tu t'es frappé le ventre aujourd'hui ?

— Oh ! la la, oui !

— Combien de fois ?

— 400 coups de chaque côté, et sec.

Je me baladais dans les rues en me battant les flancs. Les gens me reluquaient, mais qu'importe, moi au moins, j'essayais d'arriver à quelque chose...

Ça marchait superbement. Je suis passé de cent kilos à 91, puis de 91 à 83. Je me sentais rajeunir de dix ans. Tout le monde me félicitait. Tout le monde sauf Harry, le camionneur.

Un jaloux, évidemment, qui n'avait pas pu se sauter Sarah. Un merdeux.

Un soir je suis descendu en-dessous de 80.

J'ai dit à Sarah :

— Tu ne crois pas que ça suffit ? Regarde-moi !

Mes pneus avaient fondu depuis belle lurette, mon ventre était creux et j'avais l'air d'aspirer mes joues.

— Si j'en crois les tables, dit Sarah, tu n'as pas encore la bonne taille.

— Ecoute, je mesure un mètre quatre-vingt trois. Quel est le bon poids ?

Elle a eu cette réponse bizarre :

— Je n'ai pas dit « bon poids » mais « bonne taille ». Nous entrons dans un Age Nouveau, l'Age Atomique, l'Age de l'Espace et surtout, l'Age de la Surpopulation. Je vais sauver le monde. Je vais résoudre le problème de la Surpopulation. C'est le point crucial. Laissons à d'autres la Pollution. La solution à la Surpopulation réglera la Pollution, et plein d'autres choses.

— Qu'est-ce que tu racontes ?

J'ai décapsulé une bouteille de bière.

— Ne t'en fais pas, tu verras bien.

Puis j'ai remarqué qu'à chaque pesée, si je perdais encore du poids, je n'avais plus du tout l'air de maigrir. Bizarre. Puis j'ai remarqué mes pantalons : ils me descendaient sur les chaussures, imperceptiblement ; et mes manchettes me descendaient sur les poignets. En bagnole, je me sentais loin du volant. J'ai rapproché le siège d'un cran.

Un soir, je monte sur la balance.

70 kilos.

— Ecoute, Sarah...
— Oui chéri.
— Je ne comprends pas.
— Quoi ?
— J'ai l'impression *de rétrécir*.
— Rétrécir.
— Oui, rétrécir.
— Imbécile, on ne rétrécit pas, c'est impossible ! Tu as déjà entendu parler d'un régime qui rétrécit les os ? Les os ne sont pas élastiques ! Le calcul des calories n'agit que sur les graisses. Ne dis pas de bêtises ! On ne rétrécit pas !

Sarah a rigolé.

— D'accord, dis-je, viens ici. Prends ce crayon. (Je me mets contre le mur. Quand j'étais môme, ma mère faisait ça pour mesurer ma croissance.) Tu tires un trait au-dessus de ma tête, là où le crayon touche.

— Si tu veux, gros bêta.

Elle a tiré le trait.

Une semaine après, j'étais descendu à 60 kilos. Le phénomène s'accélérait.

— Viens voir, Sarah.
— Oui, gros bêta.
— Tire un trait.

Sarah a tiré le trait, je me suis tourné vers elle.

— Maintenant regarde : j'ai perdu 10 kilos en une semaine. Je suis en train de fondre ! Je mesure à peine 1,65 m. C'est une histoire de fous ! De fous ! J'en ai marre. Je t'ai vu tailler mes pantalons et mes manches de chemise. Ça ne se passera pas comme ça. Je vais me remettre à manger. Je crois bien que tu es une espèce de sorcière !

— Gros bêta...

Peu après le patron m'a convoqué.
J'ai grimpé dans le fauteuil, en face de son bureau.
— Henry Markson Jones Junior ?
— Oui monsieur ?
— Vous êtes *bien* Henry Markson Jones Junior ?
— Bien sûr monsieur.
— Parfait. Jones, nous avons étudié votre cas de près. Je crains que vous ne fassiez plus l'affaire. Nous regrettons ce qui vous arrive... nous voudrions pouvoir vous aider mais...
— Monsieur, je fais de mon mieux.
— Nous le savons, Jones. Mais vous ne suffisez plus à votre poste.
Il m'a mis dehors. Bien sûr, on m'enverrait mes indemnités. Quand même, c'était petit de sa part de me virer de cette façon...

Je n'ai plus bougé de chez moi avec Sarah. Pire que tout — elle m'entretenait. Je n'arrivais même plus à ouvrir la porte du frigidaire. Puis Sarah m'a passé une petite laisse en argent.
Je ne mesurais plus que soixante centimètres. Je devais monter sur une petite chaise percée pour chier. Comme convenu, j'avais toujours droit à la bière.
— Ah, disait Sarah, mon toutou à moi ! Si petit, si mignon !
Pour l'amour aussi c'était terminé. Tout avait fondu en proportion. Je lui montais encore dessus, mais au bout d'un moment elle m'enlevait et se mettait à rire.
— Tu essaies encore, vilain canard !

— Je ne suis *pas* un canard, je suis un homme !
— Oh le charmant petit bonhomme !
Sarah me soulevait et m'embrassait avec ses lèvres bien rouges...

Elle m'a fait descendre jusqu'à vingt centimètres. Elle m'emmenait faire les courses dans son sac, et je pouvais regarder par les trous qu'elle avait percés dans le cuir. Je dois lui reconnaître une chose : elle m'avait laissé ma bière. Je buvais avec une paille. Un litre durait un mois, contre trois quarts d'heure dans le bon vieux temps. Je m'étais résigné. Je savais que si elle le voulait elle pouvait m'anéantir. Vingt centimètres, c'est encore mieux que rien. Une toute petite vie a l'air formidable quand on approche du bout. Donc, je faisais rire Sarah, et c'était tout ce que je pouvais faire. Elle me fabriquait des petits costumes et des souliers et me posait sur la radio, mettait de la musique et disait :
— Danse, Tom Pouce ! Danse, mon minou ! Danse, petit clown !
Je ne pouvais plus aller toucher mon chômage, donc je dansais, et Sarah claquait des mains en riant.
Vous savez, j'avais très peur des araignées et les moustiques étaient dodus comme des aigles, et un petit chat aurait pu m'attraper et me torturer comme un souriceau. Pourtant, la vie était toujours belle. Je dansais, je chantais, je m'accrochais. Le plus petit des hommes se satisfait toujours du peu qu'on lui laisse. Quand je chiais sur le tapis, je prenais une fessée. Sarah mettait des feuilles de papier partout et je chiais dessus. Puis j'en arrachais

des petits bouts pour me torcher. On aurait dit du carton. J'attrapais des hémorroïdes, des insomnies à n'en plus finir. Je me sentais minable, coincé. Paranoïa ? Je compensais par la danse, la musique. Et puis Sarah me donnait toujours de la bière. J'avais arrêté de rétrécir. Ça devait lui suffire. Pourquoi, ça me dépassait. D'ailleurs tout me dépassait.

Je composais des chansons pour Sarah. C'était toujours le même titre : « Chansons pour Sarah ».

Je ne suis qu'une petite morve
Et ça m'suffit jusqu'à c'que je tringle
Alors seulement j'voudrais être torve
Mais j'n'ai qu'une putain d'tête d'épingle !

Sarah applaudissait, elle riait.

Si tu veux d'venir amiral de la reine
Apprends à t'écraser à lécher le cul
Mesure vingt centimètres et quand pisse la reine
Tu peux mater tranquille le gros jet de son cul...

Et Sarah claquait des mains et Sarah rigolait. Allons, tout allait bien. C'était ça la vie...

Mais une nuit ce fut l'horreur. Je faisais mon numéro pour Sarah, à poil sur le lit et qui riait, claquait des mains et picolait. Je tenais la forme, cette nuit-là. Du grand Henry. Puis le dessus de la radio s'est mis à chauffer, comme d'habitude, et à me brûler les pieds. C'était intenable.

— Chérie, j'en ai assez ! Descends-moi.

Donne-moi une bière. Pas de vin, c'est un vrai picrate. Donne-moi un dé à coudre de cette bonne bière.

— Tout de suite, mon tendre. Tu as été formidable, ce soir. Si Manny et Lincoln avaient dansé comme toi, ils seraient là avec nous. Mais ils ne voulaient ni chanter ni danser, ces rabat-joie. Pire que tout, ils se sont opposés à la Solution Finale.

— C'était quoi, la Solution Finale ?

— Allons mon tendre, bois ta bière et détends-toi. Je veux que tu apprécies à fond la Solution Finale. Tu m'as l'air beaucoup plus doué que Manny ou Lincoln. Je crois bien que nous pouvons réussir la Synthèse des Extrêmes.

— Pourquoi pas ? dis-je en sifflant ma bière. Remets-moi ça. Et c'est quoi, la Synthèses des Extrêmes ?

— Bois ta bière, mon petit mignon, tu le sauras assez tôt.

J'ai fini ma bière et l'horreur est arrivée, la pire des horreurs. Sarah m'a soulevé et m'a posé entre ses cuisses à peine écartées. Je me suis retrouvé nez à nez avec une forêt. J'ai bandé mes muscles, me doutant de la suite. On m'a enfoncé dans une nuit puante. J'ai entendu Sarah gémir. Puis Sarah a commencé à me faire subir un va-et-vient très lent. Je l'ai déjà dit, la puanteur était insupportable, c'était dur de respirer mais j'y arrivais quand même — il y avait des poches d'oxygène dans les plis. Coup sur coup, ma tête, le bout de mon crâne, butait contre le Capitaine Clito, et là Sarah lâchait un grondement d'illuminée.

Sarah me faisait aller de plus en plus vite. Le dos me brûlait, je ne trouvais plus d'air, la puanteur montait. Sarah criait, maintenant.

Brusquement j'ai compris que j'avais intérêt

à y mettre du mien si je voulais abréger le supplice. A chaque passage je tendais le dos et la nuque, je gigotais comme un perdu dans ce traquenard et je cognais Capitaine Clito.

Soudain je me suis senti arraché à ce tunnel terrible. Sarah m'a collé contre sa figure.

— Ah, viens toi, petit démon !

Sarah était ivre de vin et de passion. Je suis retourné dans le tunnel... Ça allait de plus en plus vite. J'ai aspiré un maximun d'air pour mieux bomber le torse puis j'ai amassé de la salive et j'ai craché tant que j'ai pu, 3 fois, 4, 5, 6 fois avant d'arrêter... La puanteur dépassait l'imagination et alors, enfin, je me suis retrouvé dehors.

Sarah m'a posé à côté de la lampe et a couvert de baisers ma tête et mes épaules.

— Oh chéri, précieuse petite bite, je t'aime !

Sarah m'a encore embrassé de ses horribles lèvres peintes, et j'ai vomi. Puis, emportée par le pinard et la passion, elle m'a niché entre ses seins. Là, je me suis reposé. Son cœur battait, j'ai écouté. Sarah m'avait débarrassé de cette putain de laisse en argent, mais rien à faire, je ne me sentais pas vraiment libre. L'un des énormes seins a roulé et j'ai eu l'impression d'arriver droit au-dessus du cœur. Le cœur de la sorcière. Si j'étais la réponse à la Surpopulation, pourquoi se servait-elle de moi comme d'un joujou seulement, un gadget sexuel ? Je me suis allongé et j'ai écouté le cœur. Aucun doute, c'était une sorcière. Alors j'ai regardé vers le haut. Vous savez ce que j'ai vu ? Une chose très bizarre dans le creux du traversin, une épingle à chapeau. Oui, une épingle à chapeau, une longue, avec un petit bidule en verre violet au bout. J'ai grimpé entre les seins, sur la gorge, j'ai atteint le menton (pas facile), enjambé tranquillement ses lèvres, et là elle a bougé et j'ai failli tomber, j'ai dû m'accrocher à une narine. Très lentement j'ai contourné l'œil droit, et me voilà sur le front une fois la tempe traversée, puis dans les cheveux (très durs à débroussailler). Je me suis mis debout, j'ai tendu le bras et j'ai attrapé l'épingle. Ça a été plus rapide à la descente, mais plus dangereux. J'ai failli perdre l'équilibre plusieurs fois. Une chute, et tout était fini. J'ai rigolé tellement la situation était grotesque. Tout ça à cause de l'arbre de Noël de la boîte. Bonne fête les gars !

Enfin je me suis retrouvé sous l'énorme sein. J'ai posé l'épingle et j'ai tendu l'oreille. Je cherchais l'endroit précis. J'ai localisé un point juste sous un petit grain de beauté. Je me suis levé, j'ai empoigné l'épingle et son bidule en verre violet, scintillant sous la lampe. Je me suis dit : pourvu que ça marche ! Je mesurais vingt centimètres et j'estimais l'épingle à trente-cinq. Le cœur ne devait pas être si loin que ça.

J'ai levé l'épingle et je l'ai plongée juste sous le grain de beauté.

Sarah s'est tordue, convulsivement. Je m'accrochais à l'épingle à chapeau. Elle a failli me flanquer par terre — en proportion ça me paraissait faire trois cents mètres et je me serais tué. J'ai tenu ferme. Ses lèvres lâchaient des bruits curieux.

Sarah s'est mise à frissonner de partout comme une femme qui a très froid.

Je me suis dressé et de tout mon poids j'ai enfoncé les dix centimètres qui restaient jusqu'à ce que la jolie boule de verre violet touche la peau.

Sarah ne bougeait plus. J'ai écouté.

J'ai entendu le cœur, une deux, une deux, une deux, une deux, une...
Plus rien.
Avec mes petites mains d'assassin, j'ai agrippé la couverture et j'ai fait le voyage jusqu'au plancher. Je mesurais vingt centimètres mais j'existais, j'avais faim et peur. J'ai trouvé un passage dans les volets de la chambre. J'ai attrapé une branche de buisson, j'ai grimpé dessus et trottiné le long de la branche jusqu'au cœur du buisson. J'étais le seul à savoir que Sarah était morte, mais ça n'arrangeait pas vraiment mes affaires. Si je voulais me tirer de là, il fallait trouver à manger. Je ne pouvais pas m'empêcher de me demander comment réagirait le tribunal. Etais-je coupable ? J'ai arraché une feuille et j'ai essayé de la croquer. Beuark. Puis j'ai vu la dame dans la cour qui amenait du mou pour son chat. J'ai rampé hors du buisson et je me suis traîné jusqu'au mou, l'œil sur la bestiole et ses évolutions. Je n'avais jamais rien bouffé d'aussi écœurant, mais je n'avais pas le choix. Je me suis empiffré — une charogne aurait eu meilleur goût. Puis j'ai regagné le feuillage et je me suis niché entre les branches.

Et voilà, avec ses vingt centimètres, la Solution à la Surpopulation, perchée sur un buisson avec du mou plein les tripes.

Je vous épargne les détails. Les fuites devant les chats, les chiens, les rats. Me sentir grandir millimètre par millimètre. Les regarder emporter le corps de Sarah. Retourner à la maison et me casser le nez, encore, devant la porte du frigidaire.

Et le jour où le chat a failli me piquer à manger dans son bol. J'ai dû les mettre vite fait.

Je mesurais bien trente centimètres, maintenant. Je grandissais. Je faisais même peur aux pigeons. Quand les pigeons ont peur de vous, c'est signe que vous commencez à compter. Un jour j'ai cavalé dans la rue, en me cachant dans l'ombre des bâtiments, crapahutant jusqu'au supermarché avant de me dissimuler sous un stand à journaux devant l'entrée. Une grosse dame s'est pointée, la porte automatique s'est ouverte, et je suis rentré sur ses talons. Un type au guichet m'a aperçu derrière la bonne femme :

— Hé, qu'est-ce c'est que ce truc ?
— Quel truc ? a demandé un client.
— J'ai dû avoir une vision, a dit l'employé. Enfin j'espère.

Je me suis faufilé jusqu'à la réserve sans me faire voir et je me suis planqué derrière des boîtes de haricots. La nuit venue, je suis sorti de mon trou et j'ai fait un bon gueuleton. Salade de pommes de terre, cornichons, jambon, pain de seigle, chips et bière, bière à gogo. C'est vite devenu une routine. Jour après jour, je restais planqué dans la réserve et je sortais la nuit me faire ma petite orgie. Problème avec ma taille, j'avais de plus en plus de mal à me dissimuler. J'ai repéré le coffre où le gérant bouclait la recette du jour. Le gérant partait toujours le dernier. J'ai compté les déclics de la combinaison. Voyons... 7 à droite, 6 à gauche, 4 à droite, 6 à gauche, 3 à droite, et clac. Je galopais au coffre tous les soirs et j'essayais la combinaison. J'avais dû construire un escalier avec des cartons pour arriver au cadran. Rien à faire, mais je m'accrochais. Toutes les nuits. Pendant tout ça je grandissais à vue d'œil. Je faisais peut-être un mètre. Le magasin avait un petit rayon vêtements et je devais passer d'une taille à l'autre. La Surpopulation redevenait un problème. Enfin, une nuit, le coffre a craqué. 23 000 dollars en liquide. J'avais dû tomber la veille du transfert à la banque. J'ai pris la clé du gérant pour sortir sans déclencher l'alarme. Puis j'ai descendu la rue et je me suis installé pour une semaine au Sunset Motel. J'ai raconté à la dame que je travaillais comme nain à Hollywood. Mon histoire n'a eu aucun succès.

— Ni télévision ni tapage après dix heures. C'est le règlement ici.

La dame a pris mon fric, m'a donné un reçu et a fermé sa porte.

Ma clé était marquée chambre 103. Je ne l'avais même pas visitée. Les portes étaient marquées 98, 99, 100, 101, je marchais plein nord vers les collines d'Hollywood, vers les montagnes qui se profilaient derrière, dans la lumière dorée du Seigneur, et je grandissais toujours.

LA MACHINE À BAISER

Il fait chaud ce soir, chez Tony. On ne pense même pas à la baise. Une bière bien fraîche, c'est tout. Tony nous en envoie deux, à Mike l'Indien et à moi, et Mike sort son fric. A lui de payer le premier tour. Tony encaisse, glande, jette un œil sur les cinq ou six mecs qui regardent dans leurs bières. Des mous. Tony revient vers nous et je lui demande :
— Quoi de neuf, Tony ?
— Et merde !
— C'est pas nouveau.
— Merde, dit Tony.
— Merde, dit Mike l'Indien.
On sirote nos bières et je demande à Tony :
— Qu'est-ce que tu penses de la Lune ?
— Merde.
— Ouais, dit l'Indien, le mec qui est con sur terre il reste con sur la Lune. Pas de raison que ça change.
— Il paraît, dis-je, qu'il n'y a pas de vie sur Mars.
— Et alors ? demande Tony.
— Et merde, file-nous deux bières.

Tony envoie les bières, vient ramasser la monnaie, fait sonner sa caisse, revient :

— Putain de chaleur. J'aimerais être aussi mort qu'un Tampax d'avant hier.

— Où vont les hommes quand ils meurent, Tony ?

— Merde. Qu'est-ce que ça fout ?

— Tu ne crois pas à l'âme ?

— Un sac à merde !

— Et le Che ? Jeanne d'Arc ? Billy the Kid ?

— Sacs à merde !

On vide nos bières, en pensant à tout ça, puis je dis :

— Attendez, je vais pisser.

Je me dirige vers le pissoir et là, comme d'habitude, je tombe sur Pete la Chouette.

Je sors mon truc et je commence à pisser.

— T'as vraiment une petite bite, dit Pete.

— Quand je pisse ou quand je médite, ouais. Mais je suis du genre super-élastique. Quand il faut y aller, tu peux multiplier ça par six.

— Alors, c'est bien, surtout si tu mens pas, parce que je vois quand même cinq centimètres.

— Et tu vois que le gland.

— Je te file un dollar et tu me laisses sucer.

— C'est pas derche.

— Tu montres pas que le gland. Tu montres toute ta queue.

— Va te faire foutre, Pete !

— Tu reviendras quand t'auras plus de fric pour te payer des bières.

Je ressors des chiottes.

— Deux bières !

Tony fait son numéro et revient causer :

— On étouffe, ça rend cinglé.

— La chaleur, dis-je, ne fait que révéler ta vraie nature.

— Hé là ! Tu dis que je suis taré ?

— Comme la plupart des gens. Mais c'est un secret.

— D'accord, dit Tony, admettons. Et il y a combien de gens normaux sur la terre ? S'il en reste !

— Une poignée, dis-je.
— Combien ?
— Sur les cinq milliards ?
— Ouais, ouais.
— Je dirais cinq ou six.
— Cinq ou six ? dit Mike l'Indien. Alors taille-moi une pipe !

— Ecoute, dit Tony, comment *sais*-tu que je suis taré ? Comment font les gens pour s'en tirer ?

— Normal, dis-je, nous sommes tous malades, il suffit d'un petit nombre de types pour nous contrôler, mais ils sont trop peu, alors ils nous laissent déconner. C'est tout ce qu'ils peuvent faire pour l'instant. Un moment j'ai cru qu'ils allaient se tirer sur une autre planète avant de nous liquider. Puis je me suis rendu compte que les malades contrôlent aussi l'espace.

— Qu'est-ce que t'en sais ?
— Ils ont planté un drapeau américain sur la Lune.
— Et si c'étaient les Russes ?
— Pareil.
— Alors, demande Tony, t'es impartial ?
— Tous les cinglés se valent.

On se tait, on re-sirote, même Tony qui commence à se remplir des scotchs à l'eau. *Facile,* c'est lui le patron.

— Bon Dieu qu'il fait chaud, dit Tony.
— Merde alors, dit Mike l'Indien.

55

Puis Tony lance :

— Les malades, mouais, je connais un truc vraiment malade qui se passe en *ce* moment.

— Ça c'est sûr, dis-je.

— Non, non, non... je veux dire ICI chez moi !

— Ouais ?

— Ouais. C'est tellement dingue, par moments j'ai les foies.

— Raconte-moi tout, Tony.

J'adore entendre les emmerdes des autres.

Tony me souffle dans l'oreille :

— Je connais un type qui a une machine à baiser. Pas ces gadgets merdiques, commes les pubs des pornos, tu vois, ces espèces de thermos avec chattes amovibles en viande hachée, complètement bidon. Non, ce type a vraiment inventé un truc. C'est un savant allemand et nous, je veux dire le gouvernement, on a mis la main dessus avant les Russes. Garde ça pour toi.

— Bien sûr, Tony.

— Von Brashlitz, il s'appelle. Le gouvernement a essayé de le reconvertir dans l'ESPACE. Rien à faire. C'est un cerveau, mais il n'a que sa MACHINE A BAISER dans le crâne. En même temps, il se prend pour un artiste, il répète qu'il est Michel-Ange... On lui verse trois cent tickets par mois pour qu'il s'en sorte sans finir à l'asile. Au début, ils l'ont surveillé, puis ils en ont eu marre, ou ils ont oublié, en tous cas ils lui envoient toujours le fric et dix minutes par mois tu as un civil qui vient lui causer et qui fait son rapport comme quoi le type est cinglé. Alors Von Brashlitz se balade de ville en ville en traînant sa grande malle rouge. Finalement un soir il débarque ici et commence à picoler. Il raconte qu'il n'est plus qu'un vieux bonhomme et qu'il cherche un coin tranquille pour ses recherches. J'ai essayé de le freiner, il passe tellement de tarés dans le coin, tu sais...

— Ouais.

— Sur ce, il se pinte pour de bon, mec, et finit par lâcher le morceau. Il a fait les plans d'une femme mécanique qui te baise mieux que toutes les grandes putes de l'Histoire ! Tout ça sans tampax, sans emmerdes, sans baratin !

— Ça, c'est la femme que j'ai cherchée toute ma vie.

Tony se marre :

— T'es comme les autres. Je me suis dit qu'il était cinglé, et puis un soir, après la fermeture, je suis descendu le voir dans sa cave et il a sorti sa MACHINE A BAISER de la malle rouge.

— Et alors ?

— Le paradis, sauf que j'étais pas mort.

— Attends que je devine.

— Devine.

— Von Brashlitz et sa MACHINE A BAISER sont installés chez toi ?

— Hé hé.

— Combien ?

— Dix sacs le coup.

— Dix sacs pour baiser une machine ?

— Elle enfonce le Bon Dieu, tu verras.

— Pete la Chouette me suce pour un dollar.

— Pete la Chouette se débrouille, mais il a pas inventé la poudre.

J'ai sorti mes dix sacs.

— Attention, Tony. Si tu te payes ma tronche, tu perds ton meilleur client !

— Comme tu dis, on est tous cinglés. Tu fais ce que tu veux.

— Ça marche.

— Ça marche, dit Mike l'Indien, voilà mes dix sacs.

— Je prends 50 pour cent, pas plus. Le reste va à Von Brashlitz, mettez-vous ça dans la tête. Trois cent tickets par mois, avec l'inflation et tout le bordel, ça ne mène pas loin ; en plus, Von B. boit du schnapps comme un trou.

— Magnons-nous, dis-je, tu as tes vingt sacs. Où est cette MACHINE A BAISER paradisiaque ?

Tony soulève un pan du comptoir et dit :

— Passez là-dedans, l'escalier est au bout du couloir à gauche. Vous montez, vous frappez et vous dites que vous venez de ma part.

— N'importe quelle porte ?
— Porte 69.
— Ah, super. Quoi d'autre ?
— N'oubliez pas vos couilles.

On trouve l'escalier, on monte, je rigole :

— Quel farceur ce Tony !

On prend le couloir. Voilà : porte 69.

Je frappe :

— De la part de Tony !
— Entrez donc, messieurs !

Et voilà le vieux cochon, avec son verre de schnapps à la main et ses lunettes à double foyer, on se croirait dans un vieux Fritz Lang. Il y a déjà quelqu'un, une petite nana, trop jeune à mon goût, l'air filiforme et costaud à la fois.

Elle croise les jambes en envoyant toute la gomme : genoux en nylon, cuisses en nylon, et ce petit coin où les bas se terminent en laissant voir un bout de peau. Elle est *toute* cul et seins, jambes en nylon, yeux bleus porcelaine qui pétillent...

— Messieurs, ma fille, Tania...
— Hein ?

— Oui, je sais, je sais. J'ai l'air... bien vieux... c'est comme le mythe du noir qui ne débande jamais, il y a aussi le mythe du vieil Allemand qui baise toujours. Vous pouvez me croire, c'est ma fille, Tania.

Tania rigole :
— Salut les jeunes !

Puis on regarde tous la porte avec cet écriteau :

DEPOT
MACHINE A BAISER

Von Brashlitz vide son schnapps.
— Si je comprends bien... vous êtes venus pour la meilleure baise de l'Histoire, pas vrai ?
— Papa ! dit Tania, à quoi bon être toujours si *vulgaire* ?

Tania recroise ses jambes, encore plus haut, j'ai du mal à me retenir.

Là-dessus le professeur vide un autre schnapps, se lève et se dirige vers la porte avec l'écriteau : DEPOT MACHINE A BAISER. Il se retourne vers nous, sourit, puis sans se presser il ouvre la porte. Il disparaît et ressort en poussant son truc sur une espèce de lit d'hôpital à roulettes.

C'est une boîte de métal, NUE.

Le prof nous roule ce sacré truc sous le nez et se met à chantonner des paillardises. Ça sent l'Allemagne.

Une boîte de métal avec un trou en plein milieu. Le prof tient une bouteille d'huile et commence à en farcir le trou tout en chantonnant sa cochonnerie bavaroise.

Il passe un moment à faire gicler son huile, puis il se tourne vers nous et lance par-dessus l'épaule : « Sympathique, non ? » avant de se remettre à sa pompe à huile.

Mike l'Indien me regarde, essaye de se marrer et finit par craquer :

— Merde... on s'est encore fait avoir !

— Ouais, dis-je, je me sens comme si je n'avais pas baisé depuis cinq ans, mais plutôt crever que de glisser ma queue dans ce paquet de plomb.

Von Brashlitz rigole. Il va chercher une autre bouteille de schnapps, se verse une bonne rasade et s'asseoit en face de nous.

— Nous autres Allemands, quand nous avons compris que la guerre était perdue, que le filet se resserrait — avant la chute de Berlin —, nous avons aussi compris que la guerre changeait de tournure, que désormais c'était à qui ferait main basse sur le plus grand nombre de savants allemands. Qui des Russes ou des Américains, iraient les premiers sur la Lune, les premiers sur Mars, les premiers *n'importe où* ? Je ne sais pas qui a gagné, en quantité de savants ou en valeur scientifique. Tout ce que je sais, c'est que les Américains m'ont cueilli les premiers, qu'ils m'ont bouclé, trimballé en voiture, fait boire, menacé avec des revolvers, promis monts et merveilles. J'ai signé tout ce qu'on a voulu...

— D'accord, dis-je, ça suffit pour l'histoire ancienne. Mais vous voulez que je fourre ma queue, ma pauvre petite queue, dans ce tas de ferraille ? Hitler était vraiment cinglé de nourrir des types comme vous. J'aurais préféré que les Russes héritent de vous ! Rendez-moi mes dix sacs !

Von Brashlitz éclate de rire :

— Hihihihi... jolie petite farce, nein ? Hihihihi !

Il range sa montagne de plomb dans le débarras, claque la porte (« Ah hihihihi ! »), et se ressert un schnapps.

Et encore un autre. Il se les enfile vraiment les uns sur les autres.

— Messieurs, je suis un *artiste,* et un inventeur ! la MACHINE A BAISER existe, c'est ma fille, Tania...

— On ne plaisante plus, Von ?

— Plus du tout ! Tania ! Viens t'asseoir sur les genoux du monsieur !

Tania se lève en riant et saute sur mes genoux. Ça, une MACHINE A BAISER ? Je n'arrive pas à y croire ! Sa peau est en peau, en tout cas ça y ressemble, et sa langue qui se promène dans ma bouche, elle n'est pas mécanique, chacun de ses mouvements répond aux miens, unique.

Me voilà très occupé, j'arrache sa blouse, je m'infiltre du côté de sa petite culotte, plus excité que jamais, et là nous perdons les pédales ; on se lève et je la prends debout, les mains pendues à ses longs cheveux blonds, je lui tire la tête en arrière puis je me penche pour lui ouvrir le cul, sans arrêter de ramoner, elle jouit, je la sens vibrer et je la rejoins là-haut.

C'est le meilleur coup de ma vie !

Tania disparaît dans la salle de bains, se douche et se rhabille pour Mike l'Indien. Du moins c'est ce que je crois.

— La plus grande invention de l'Homme, dit Von Brashlitz, très sérieux.

Il a bien raison.

Retour de Tania qui s'asseoit sur *mes* genoux.

— NON, NON, TANIA ! C'EST LE TOUR DE L'AUTRE MONSIEUR ! CELUI-LA TU VIENS DE LE FINIR !

On dirait que Tania n'entend pas. C'est curieux, même pour une MACHINE A BAISER, parce que, franchement, je n'ai jamais été un bon baiseur.

— Tu m'aimes ? dit Tania.
— Oui.
— Moi aussi. Je suis heureuse. Pourtant... en principe, je ne suis pas vivante. Tu comprends, n'est-ce pas ?
— Je t'aime, Tania, je n'en sais pas plus.
— Bon Dieu de bon Dieu ! crie le vieux, saloperie de MACHINE A BAISER !

Il va chercher une boîte vernie avec le mot TANIA peint sur le côté et tout plein de petits fils qui pendent. Des cadrans, des aiguilles qui frémissent, des couleurs, des clignotants, des cliquetis... Von B. est le mac le plus cinglé que j'ai jamais vu. Il tripote ses boutons, puis se tourne vers Tania :

— 25 ans ! Presque une vie à te construire ! J'ai même dû mentir à HITLER ! Et maintenant... tu te conduis comme la première des salopes venues !
— Je n'ai pas 25 ans, dit Tania, mais 24.
— Vous l'entendez ! Une vraie salope !

Il replonge dans ses cadrans. J'en profite pour parler à Tania :

— Tu as changé de rouge à lèvres.
— Il te plaît ?
— Oh oui !

Elle se penche vers moi et m'embrasse.

Von B. tripote toujours ses commandes. J'ai l'impression qu'il tient le bon bout.

Von Brashlitz se tourne vers Mike l'Indien :

— Un incident sans gravité. Je vais arranger ça dans la minute, croyez-moi.
— J'espère bien, dit Mike, j'ai vingt-cinq

centimètres qui attendent et dix sacs déjà barrés.

— Je t'aime, me dit Tania. Je ne baiserai plus jamais un autre homme. Ce sera toi ou personne.

— Je te pardonnerai, Tania, quoi que tu fasses.

Le prof est maintenant sur les nerfs. Il a beau tripoter ses boutons, rien ne se passe. « TANIA ! Il faut BAISER L'AUTRE ! Je suis... fatigué... veux du schnapps... dormir... Tania... »

— Ah, dit Tania, vieux pourri ! Toi et ton schnapps, et après tu me triture les seins toute la nuit, tu m'empêches de dormir ! Tu n'arrives même plus à bander comme il faut ! Tu me dégoûtes !

— WAS ?

— JE DIS : TU N'ARRIVES PAS A BANDER COMME IL FAUT !

— Tu vas me payer ça, Tania ! C'est *moi* qui t'ai créée, pas le contraire !

Von Brashlitz tripote de plus belle ses boutons magiques. Ceux de la machine, bien sûr. Il s'énerve, et ça saute aux yeux, la colère lui rend une vitalité toute neuve.

— Une minute, Mike, j'arrange les circuits ! Voilà, un *faux contact,* je le *vois !*

Il saute comme un cabri. Et on a sauvé ce type des Russes.

Il regarde Mike l'Indien :

— Ça marche maintenant, c'est réparé ! Amusez-vous bien !

Il va chercher sa bouteille de schnapps, se verse une rasade et s'assied pour mater.

Tania descend de mes genoux et s'approche de Mike l'Indien, je les regarde se bécoter.

Tania défait la braguette de Mike l'Indien, lui sort la queue, et mon vieux, quelle queue !

Mike annonçait vingt-cinq centimètres, moi je dirai quarante.

Tania prend la queue de Mike dans ses deux mains.

L'Indien soupire de félicité.

Puis Tania lui arrache la queue d'un seul coup et la jette par terre.

Je vois le truc rouler sur le tapis comme une saucisse malade en lâchant un malheureux filet de sang. Ça roule jusqu'au mur et ça reste en plan, on dirait un homme-tronc qui ne sait plus où aller... ce qui est d'ailleurs le cas.

Maintenant c'est le tour des ROUBIGNOL-LES, qui traversent la pièce lourdement avec des loopings. Elles atterrissent au milieu du tapis et pissent le sang comme des folles.

Pissent le sang.

Von Brashlitz, le héros de l'invasion russo-américaine, jette un regard froid aux restes de Mike l'Indien, mon vieux pote de beuverie, tout rouge sur le parquet, avec sa source au ventre. Von B. met les bouts, quatre à quatre dans l'escalier...

La chambre 69 n'a jamais vu ça.

C'est alors que je demande :

— Tania, les flics vont rappliquer, si nous honorions le numéro de cette chambre ?

— Oui, mon amour !

Aussitôt dit, aussitôt fait, et ces cons de flics se ramènent.

Le plus instruit constate la mort de Mike l'Indien.

Comme Von B. est un protégé du gouvernement, c'est la grande foule des bureaucrates, des pompiers, des journalistes, des flics, l'inventeur lui-même, la C.I.A., le F.B.I. et autres déchets de l'humanité.

Tania vient s'asseoir sur mes genoux :

— Ils vont me tuer. Je t'en prie, ne sois pas triste.

Je ne réponds pas.

Von Brashlitz se met à couiner, en montrant Tania : JE VOUS LE DIS, MESSIEURS, ELLE N'A PAS DE CŒUR ! UNE SALOPERIE QUE J'AI SAUVEE D'HITLER ! Je vous le dis, ce n'est qu'une MACHINE !

Ils restent tous plantés, personne ne croit Von B.

C'est tout simplement la plus belle machine, et la plus belle « femme », qu'ils ont jamais vue.

— Et merde, bande de crétins ! Toutes les femmes sont des machines à baiser, vous ne comprenez donc rien ? Elles jouent le gagnant ! L'AMOUR N'EXISTE PAS ! C'EST UN CONTE DE FEES, COMME LE PERE NOEL !

Les types ne comprennent toujours pas.

— CE TRUC n'est qu'une machine ! N'ayez pas PEUR ! REGARDEZ !

Von Brashlitz empoigne l'un des bras de Tania.

Et l'arrache complètement.

A l'intérieur, dans le trou de l'épaule, que voit-on ? Rien que des fils et des tubes, des fiches et des prises, et un vague liquide qui ressemble à du sang.

Je regarde Tania, tous ces fils qui lui pendent de l'épaule, et Tania me regarde :

— S'il te plaît, fais ça pour moi ! Je t'ai demandé de ne pas être triste !

Je les regarde la déchirer, la démonter, la violer, la dépecer.

Je ne peux rien faire. Je laisse tomber ma tête entre mes genoux et je pleure...

Et Mike l'Indien a foutu dix sacs en l'air.

Plusieurs mois ont passé. Je ne suis jamais retourné chez Tony. Il y a eu un procès mais le gouvernement a couvert Von B. et son invention. J'ai changé de ville, je suis parti loin, très loin. Et un beau jour, chez le coiffeur, je tombe sur cette annonce dans un journal de cul : « Poupée gonflable ! 150 francs ! Caoutchouc premier choix, *très* résistant. Chaînes et fouets joints. Bikini, soutien-gorge, petites culottes, 2 perruques, rouge à lèvres et flacon aphrodisiaque. Von Brashlitz and Co. »

J'envoie un mandat, poste restante dans le Massachussets. Lui aussi a déménagé.

Le colis arrive trois semaines plus tard. Très embarrassant. Je n'ai pas de pompe à vélo, et je me mets à bander quand j'ouvre le paquet. Je cours au garage et je branche le gonfleur à air comprimé.

Elle prend de l'allure en gonflant. Gros seins, gros cul.

— C'est quoi ce machin ? demande le pompiste.

— Ecoute mec, je t'emprunte juste un peu d'air. Et je prends toujours mon essence chez toi, d'ac ?

— OK, OK, sers-toi. Je me demande juste ce que tu trimballes...

— Laisse tomber.

— *Bon dieu*, regarde ces *tétons* !

— Je *regarde*, crétin !

Je le laisse la langue pendante, je reviens chez moi la poupée sur l'épaule et je l'installe dans la chambre.

Reste le gros problème.

J'écarte les jambes et je cherche le trou.

Von B. n'a pas complètement déraillé.

Je monte dessus, j'embrasse la bouche en

caoutchouc. Quand ça me prend je descends sucer l'un des seins en caoutchouc. Je lui ai mis la perruque jaune et je me suis passé la queue à l'aphrodisiaque. Il en faut très peu, le flacon doit durer un an.

Je l'embrasse passionnément derrière l'oreille, je lui glisse un doigt dans le cul, je ramone longuement. Puis je me retire, je lui enchaîne les bras derrière le dos, le cadenas est fourni avec le reste. Puis je la fouette avec les lanières de cuir.

Bon Dieu, je suis vraiment taré !

Je la retourne sur le ventre et je remets ça. En avant, en avant. Franchement, je me fais un peu chier. Je m'imagine des clebs en train de baiser des chattes ; je m'imagine deux personnes en train de baiser dans les airs après avoir sauté de l'Empire State Building. Je m'imagine un vagin large comme une pieuvre, qui rampe vers moi, tout chaud, tout puant et pressé de jouir. Je me rappelle toutes les petites culottes, tous les genoux, les nichons, les jambes, toutes les chattes que j'aie connues. Le caoutchouc sue, je sue.

Je chuchote dans l'oreille en caoutchouc :

— Je t'aime, chérie !

Dur à admettre, mais j'essaye vraiment de jouir dans ce trou. Ça n'a rien à voir avec Tania, du tout.

Je lacère tout au rasoir et je la balance dehors au milieu des canettes vides.

Combien d'Américains achètent ce genre de connerie ?

Et puis, vous croisez au moins cinquante machines à baiser dès que vous posez le pied sur n'importe quel trottoir d'Amérique — seule différence : dans la rue, elles se prennent pour des êtres humains.

Pauvre Mike l'Indien avec ses quarante centimètres de queue.

Tous ces pauvres Mike l'Indien, tous ces alpinistes de l'Espace, toutes ces putes à Saïgon et à Washington...

Pauvre Tania, avec son ventre de truie, ses veines de chienne, qui ne pissait pas, n'avalait pas, qui baisait, c'est tout (avec un cœur, une voix et une langue piqués sur des gens), et moi qui croyais qu'on ne pouvait greffer qu'une dizaine d'organes. Von B. était très en avance.

Pauvre Tania, qui n'a jamais mangé — ou si peu —, et surtout des raisins et du fromage de second choix. Elle n'a désiré ni l'argent, ni les limousines, ni les résidences secondaires. Elle n'a jamais lu le journal du soir. Elle n'a jamais eu envie de télé couleur, de chapeau neuf, de bottines imperméables, de papotages imbéciles avec des commères. Elle n'a pas souhaité épouser un docteur, un agent de change, un député ou un flic.

Et le type du garage qui n'en finit plus :

— Hé, où est passé le truc que vous êtes venu gonfler l'autre jour ?

Aujourd'hui il ne demande plus rien. J'ai changé de garage. Je ne vais plus chez ce coiffeur où j'ai lu la pub de Von Brashlitz. J'essaye d'oublier.

Que feriez-vous à ma place ?

TROIS FEMMES

On habitait juste en face du parc Mc Arthur, Linda et moi. Une nuit qu'on était en train de boire, on a vu le corps d'un homme passer devant la fenêtre. Drôle de vision, on aurait juré une farce, jusqu'au moment où le corps s'est écrabouillé sur le trottoir.

— Bon dieu de merde, je crie à Linda, il a explosé comme une vieille tomate ! Voilà de quoi nous sommes faits : des tripes, de la merde et du jus gluant ; viens voir, grouille-toi !

Linda se penche à la fenêtre et court vomir dans les cabinets. Elle sort, je me tourne vers elle :

— Je te jure, chérie, on dirait un gros plat de spaghettis et de bouts de viande enveloppé dans un costard déchiré !

Linda repart aussi sec hoqueter dans le lavabo.

Je m'assieds, je vide la bouteille de vin, j'entends la sirène. Ils auraient mieux fait d'appeler les éboueurs. Bah, qu'est-ce que j'en ai à foutre, chacun ses problèmes, on se demande chaque mois d'où va tomber l'argent pour le loyer, et on est trop beurré pour chercher du travail. Alors, on baise pour oublier, ça permet de tenir un bout de temps. On baise tant qu'on peut, et dieu merci, Linda est un bon coup. L'hôtel est rempli de gens comme nous, ils boivent, ils baisent, ils ne savent pas quoi foutre. De temps en temps un type saute par la fenêtre. Nous, on finit toujours par recevoir du fric au moment où on n'a plus rien d'autre à bouffer que notre merde : 300 dollars à la mort d'un oncle, un vieil excédent d'impôt, n'importe quoi. Une fois, dans le bus, j'ai trouvé un tas de pièces de monnaie qui sortaient de Dieu sait où. Je les ai fourrées dans mes poches jusqu'à ce que ça déborde, j'ai sonné et je suis descendu au premier arrêt. Personne n'a rien dit. Quand on est bourré, rien ne vaut les coups de pot. Quand on n'est pas bourré aussi, d'ailleurs.

Tous les jours, on descend dans le parc reluquer les canards. Croyez-moi, quand on est usé par la biture continuelle et la bouffe douteuse, et qu'on n'en peut plus de baiser pour oublier, il ne reste plus que les canards. Je m'explique : il faut bien sortir de son trou, sinon, on est bon pour la grande déprime et le plongeon par la fenêtre. Sauter, c'est plus facile qu'on ne croit. Alors, Linda et moi, on s'assied sur un banc et on regarde les canards ; ils se la coulent douce, pas de loyer, pas de fringues, nourriture à gogo. Ils n'ont qu'à barboter, chier et caqueter. Et picorer, farfouiller, s'en mettre plein la lampe. De temps en temps, la nuit, un type de l'hôtel s'en attrape un, le tue et le remonte dans sa chambre pour le plumer et le faire cuire. On y a souvent pensé mais on ne l'a jamais fait. En plus, ils ne sont pas si faciles à coincer. On s'approche et PLOUF!!! une gerbe d'eau et le petit salaud a filé. Alors on se fait des crêpes avec de la farine et de l'eau, ou on vole du maïs dans un potager. Il y a un type qui n'a fait pousser que ça dans son jardin, il n'a pas dû en récolter un seul épi. Et puis on peut toujours se servir au marché du coin, deux ou trois tomates, un concombre rabougri — en fait de voleurs, on est plutôt minus, on attend les coups de chance. Pour les cigarettes, là, pas de problème, il suffit de se promener la nuit, on trouve toujours une voiture ouverte avec un paquet entamé sur le tableau de bord. Le plus dur c'est le vin et le loyer. Alors on baise pour oublier.

Et puis un jour, c'est notre tour, on arrive au bout du rouleau. Plus de vin, plus de bol, plus rien. Fini le crédit chez la logeuse et chez le marchand de vin. Je mets le réveil à 5 h 30 pour aller me présenter à l'embauche. Mais le réveil déconne ! J'ai essayé de le réparer en raccourcissant le ressort. Vous voulez savoir comment marche un réveil au ressort raccourci ? Plus le ressort est court, plus les aiguilles tournent vite. Maintenant, quand on s'est crevé à force de baiser pour oublier et qu'on veut se distraire, on regarde le réveil et on essaie de deviner quelle heure il est en fixant l'aiguille des minutes qui trotte, ça nous amuse un moment.

Au bout d'une semaine, on a compris le truc : en douze heures, le réveil tourne de trente heures, et il faut le remonter toutes les 7 ou 8 heures. En se réveillant, on se creuse la tête.

— Ecoute, poupée, c'est pas sorcier, ce réveil marche deux fois et demie plus vite que la normale, fais le calcul.

— Ouais, mais quelle heure était-il la dernière fois qu'on l'a réglé ?
— J'en sais foutre rien, j'étais bourré.
— Remonte-le toujours, sinon il va s'arrêter.
— O.K.
Je le remonte, et puis on baise.

Donc, le matin où je voulais chercher de l'embauche, le réveil n'a pas sonné. On a réussi à trouver une bouteille de vin et on l'a bue à petites gorgées. Comme j'avais peur de rater le petit matin suivant, je n'ai pas dormi de la nuit. Puis je me lève, je m'habille et je marche jusqu'à San Pedro Street. Tous les types ont l'air d'attendre quelque chose. Il y a des tomates qui traînent partout, j'en mange deux ou trois. Un gros camion s'arrête, on demande des types pour la cueillette des tomates. Merde, ça m'embête de laisser Linda, elle peut pas rester seule au lit très longtemps. Tant pis, j'y vais. Tout le monde se met à grimper dans le camion. Je laisse monter les dames, et il y en a des grosses comme j'aime, je monte en dernier, mais un Mexicain costaud, sûrement le contremaître, ferme les portes.

— Désolé, senor, on est complet.

Et le camion part sans moi.

Il est déjà neuf heures du soir, et je mets une heure pour rentrer à l'hôtel. Je croise des files de gens bien habillés avec leurs têtes de cons. Je manque d'être écrasé par un type nerveux dans une cadillac noire. Pourquoi il s'énerve comme ça, je ne sais pas, ça doit être le temps. Il fait chaud. Une fois à l'hôtel, je dois monter à pied parce que, comme d'habitude, la logeuse est en train d'astiquer son ascenseur. Elle passe son temps à faire reluire les cuivres, ça lui permet de mater tout le monde.

J'arrive au sixième et j'entends rire dans ma piaule. Cette salope de Linda n'a pas perdu de temps. Très bien, je vais lui botter le cul, et à son mec aussi. J'ouvre la porte.

Il y a Linda, Jeanie et Eve.

— Mon briquet ! dit Linda.

Elle est sapée avec des talons hauts, elle m'embrasse et m'enfourne une grande langue.

— Jeanie vient de toucher son chômage et Eve revient de l'Armée du Salut, on fait une fête !

Il y a plein de porto. Je prends un bain, et je ressors en caleçon. J'aime bien montrer mes jambes. J'ai les jambes les plus mastoc que j'ai jamais vues chez un homme. Le reste, ça ne vaut pas la peine d'en parler. Je m'assieds, avec mon caleçon qui baille, et je pose mes pieds sur la table basse.

— Merde ! regarde un peu ces guibolles, dit Jeanie.

— Ouais, ouais, dit Eve.

Linda sourit. On me verse du vin.

Vous savez comment ça se passe dans ces cas-là, on boit et on parle, on parle et on boit. Les filles descendent racheter des bouteilles, on continue à parler. Le réveil tourne et tourne. Il fait nuit, je bois tout seul, toujours avec mon caleçon qui flotte. Jeanie s'est écroulée dans la chambre à coucher, Eve est avachie sur le canapé graisseux. Linda ronfle sur un petit divan devant la salle de bains. Je ne comprends toujours pas pourquoi le Mexicain n'a pas voulu de moi. J'ai le cafard.

Je vais dans la chambre et je rentre dans le lit. Jeanie est plutôt grasse, elle est nue. Je commence à lui sucer les seins.

— Hé, qu'est-ce que tu fabriques ?
— Je vais te baiser !

Je rentre un doigt dans son con et je frotte.
— Je vais te baiser !
— Non ! Linda va m'en vouloir à mort !
— Elle n'en saura rien !

Je monte sur elle et LENTEMENT LENTEMENT DOUCEMENT, pour éviter que les ressorts grincent, je la rentre et je la sors, TOUJOURS TRES LENTEMENT, et quand je jouis, j'ai l'impression que ça ne va jamais s'arrêter, c'est un des meilleurs coups de ma vie. En essuyant les draps je me dis que, si ça se trouve, l'homme baise comme un idiot depuis des siècles.

Je sors de la chambre, je m'assieds dans le noir, et je me remets à la bouteille. J'ai perdu toute notion du temps. Je bois une sacrée quantité, puis je vais voir Eve. Elle est énorme, assez ridée, mais elle a des lèvres sensuelles, des lèvres laides, obscènes. J'embrasse cette bouche horrible et superbe. Elle ne proteste pas, elle ouvre les jambes, et je rentre. C'est une vraie truie, elle pète, elle grogne et elle renifle, et quand je jouis ça ne ressemble pas au long frisson avec Jeanie, juste *splot splot* et c'est fini. Je me relève, et avant de retrouver ma chaise je l'entends déjà ronfler. Incroyable, elle baise comme elle respire, sans s'en apercevoir. Chaque femme a sa manière de baiser, voilà pourquoi on continue à vivre, voilà comment on est pris au piège.

Je m'assieds et je bois, je pense à ce salopard de fils de pute qui a fermé le camion. Voilà où mène la courtoisie. Puis je pense à l'Armée du Salut. Est-ce qu'ils acceptent les couples non mariés ? Bien sûr que non, on n'a qu'à crever de faim. L'amour, c'est un gros mot pour eux. Et c'est bien ce qui nous unit Linda et moi : l'amour. C'est pour ça qu'on crève la faim ensemble, qu'on se pinte ensemble, qu'on vit ensemble. A quoi sert le mariage ? A sanctifier la BAISE, jusqu'à ce qu'elle tombe inévitablement dans l'ENNUI, jusqu'à ce qu'elle devienne un BOULOT. Voilà ce que le monde veut faire de nous : de pauvres mecs, piégés et malheureux, rivés à leur boulot. Eh bien merde, j'irai vivre sous les ponts et j'installerai Linda avec le gros Eddie. Le gros Eddie est un imbécile mais au moins il lui achètera des vêtements et des beefsteacks, moi je ne suis pas capable d'en faire autant.

Bukowski-les-Jambes-d'Eléphant, raté professionnel.

Je finis la bouteille et je me décide à dormir. Je remonte le réveil et je me glisse à côté de Linda. Elle se réveille et elle commence à se frotter contre moi.

— Oh merde de merde, dit-elle, je ne sais pas ce qui me prend !

— Qu'est-ce qu'il y a, cocotte, tu es malade ? Tu veux que je téléphone à l'hôpital ?

— Oh non, merde, je suis EXCITEE comme une folle. COMME UNE FOLLE !

— Quoi ?

— Je te dis que je n'en peux plus ! BAISE MOI !

— Linda...

— Quoi ? quoi ?

— Je suis crevé, je n'ai pas dormi depuis deux jours, j'ai fait une sacrée trotte en plein soleil... je ne suis plus bon à rien. Vidé.

— Je vais t'aider !

— Qu'est-ce que tu veux dire ?

Elle rampe le long du divan, elle commence à me lécher la queue. Je grogne de fatigue.

— Chérie, des kilomètres en plein soleil... je suis à plat.

Elle continue, elle a une langue en papier de verre, et elle sait s'en servir.

— Chérie, je suis un déchet de la société. Je ne te mérite pas ! Ça ne vaut pas le coup !

Je l'ai déjà dit, elle sait y faire, il y a des femmes comme ça. Elle commence par le pénis, passe aux couilles, remonte au pénis, elle se dépense sans compter, et ELLE EVITE TOUJOURS DE TOUCHER LE GLAND. Finalement, me voilà en train de lui marmonner des mensonges, comme quoi je la traiterai comme une reine dès que je serai sorti de cette mauvaise passe, dès que je ne serai plus un clodo.

Puis elle prend le gland, l'enfonce au tiers de la longueur, appuie à petits coups de dents, et je jouis ENCORE, pour la énième fois de la nuit. Je suis complètement lessivé. Il y a des femmes qui en savent plus long que toute la science médicale.

Quand je me réveille, elles sont toutes debout, l'air en forme. Elles me secouent en riant.

— Hé, Hank, on va s'en jeter un petit pour se réveiller. On est au Tommy-Hi.

— O.K., O.K., salut !

Elles sortent toutes en tortillant du cul.

L'humanité est damnée pour toujours.

Je viens de m'endormir, quand le téléphone sonne.

— Ouais ?

— M. Bukowski ?

— Ouais ?

— J'ai vu des femmes ! elles sortaient de votre chambre !

— Comment le savez-vous ? Il y a huit étages et dix ou douze chambres par étage.

— Je connais tous mes locataires, M. Bukowski. Nous n'avons que des gens comme il faut ici !

— Ah ouais ?

— Oui, M. Bukowski. Je tiens cet hôtel depuis vingt ans, et jamais, jamais je n'ai vu de telles horreurs. Nous avons toujours eu des gens respectables !

— Oui, si respectables que tous les quinze jours un pauvre enfoiré grimpe sur le toit et fait le saut périlleux en piquant sur votre entrée entre les deux plantes vertes minables.

— Je vous donne jusqu'à midi pour partir, M. Bukowski !

— Quelle heure est-il ?

— 8 heures.

— Merci.

Je raccroche. Je trouve un alka-seltzer, je le bois dans un verre poisseux. Puis je déniche un fond de vin. J'ouvre les rideaux et je regarde le soleil. Quel monde pourri, je ne vous apprends rien, mais j'ai horreur de coucher sous les ponts. J'aime bien les petites piaules, là où on peut encore faire son trou. Une femme, un verre, mais pas un boulot huit heures par jour. Comment s'en tirer ? Je ne suis pas assez malin. Je m'habille et je descends au Tommy-Hi. Les filles rigolent au fond dans un coin avec deux types. Marly le barman me connaît. Je lui fais signe que non. Pas d'argent. Je m'assieds.

On m'apporte un scotch à l'eau, et un message.

Rendez-vous à l'hôtel Cafard, *chambre 12, à minuit. J'aurai une chambre.*

Je t'aime.

Linda.

Je bois mon verre et je me tire, j'arrive à minuit à l'hôtel *Cafard* et le portier me dit :

— Rien à faire, il n'y a pas de chambre 12 au nom de Bukowski.

Je reviens à une heure. J'ai passé toute la journée et la soirée dans le parc, sur un banc, à ne rien faire.

— Il n'y a pas de chambre 12 réservée pour vous, monsieur.

— Pas de chambre réservée à mon nom ou à celui de Linda Bryan ?

Il vérifie dans son registre.

— Rien, monsieur.

— Ça vous ennuie si je jette un coup d'œil dans la chambre 12 ?

— Il n'y a personne, je vous l'ai dit.

— Je suis amoureux, mec. Excuse-moi, il faut que j'aille voir !

Il me jette un de ces regards réservés aux tarés de troisième classe, et il me lance la clef.

— Revenez dans cinq minutes, ou il va vous arriver des bricoles !

J'ouvre la porte, j'allume la lumière. « Linda ! » Les cafards regagnent en vitesse leurs trous sous le papier peint. Il y en a des milliers. Quand j'éteins, on les entend tous qui ressortent. Le papier peint tout entier n'est qu'un tissu de cafards.

Je prends l'ascenseur et je retrouve le portier.

— Vous aviez raison. Il n'y a personne dans la chambre 12.

Pour la première fois, on dirait qu'il y a un peu d'amabilité dans sa voix :

— Désolé, mec.

— Merci.

En sortant, je tourne à gauche, c'est-à-dire vers l'Est, vers le quartier des clodos. Pendant que mes pieds m'y traînent lentement, je réfléchis. Pourquoi les gens mentent-ils ?

Aujourd'hui, je ne me pose plus la question, mais je n'ai pas oublié. Aujourd'hui, quand les gens me mentent, j'arrive toujours à m'en rendre compte, mais je ne suis pas encore aussi malin que ce portier qui savait que le mensonge est partout, ou que ces gens qui tombaient devant ma fenêtre pendant que je buvais du porto l'après-midi en face du parc Mc Arthur, là où on attrape, tue et mange les canards, et les gens aussi.

L'hôtel est toujours là, et la chambre où nous habitions, et si vous passez un jour dans le coin je vous la montrerai. Mais ça ne servirait pas à grand-chose, pas vrai ? Disons seulement qu'une nuit j'ai baisé ou ai été baisé par trois femmes, et que cette histoire vous suffise.

TROIS POULETS

Vicky était une fille correcte, mais on avait nos problèmes. On marchait au vin, au porto aussi. Cette fille se beurrait et elle partait dans des histoires insensées sur mon compte, elle inventait n'importe quoi. Et sur quel putain de ton ! Vaniteux, pointu, criard, l'hystérie complète. Ça a fini par m'énerver sérieux.

Un jour elle est assise sur le lit-placard, à débiter ses insanités. Je lui demande de se taire, elle continue. A la fin je me lève et j'expédie le lit-placard dans le mur, avec Vicky dans le lit.

Je retourne m'asseoir et j'écoute ses braillements.

Ça menace de durer, alors je redescends le lit. Vicky reste allongée à se tenir le bras, elle crie qu'il est cassé.

Je lui dis :

— Ton bras n'est pas cassé.

— Si, si ! gros salaud, tu m'as cassé le bras !

Je vide deux ou trois verres pendant qu'elle reste à se tenir le bras et à pleurnicher. Finalement j'en ai marre, je lui dis que je reviens tout de suite, et je sors. Je tombe sur un tas de vieilles caisses derrière une épicerie. J'arrache quatre planches pourries, j'enlève les clous, et je remonte par l'ascenseur.

Il faut quatre planches. Je les attache autour du bras de Vicky avec des lambeaux de robe. Ça la calme deux heures, puis elle remet ça. Trop, c'est trop. J'appelle un taxi, et en route pour l'hôpital. Une fois dans le taxi, je défais les planches et je les jette par la fenêtre. On lui a fait une radio de la poitrine et un plâtre au bras. Tu t'imagines ? Le jour où elle se pètera la tête, je parie qu'ils lui feront une radio du cul.

Bref, en sortant on traîne dans les bars et elle dit :

— Je suis la seule femme qu'on ait jamais rangée dans un mur avec un lit-placard.

Je n'en suis pas vraiment sûr, mais je la laisse dire.

Une autre fois, elle m'énerve et elle chope une claque qui lui descend ses fausses dents.

Je suis très surpris. Je vais acheter une super seccotine et je lui recolle ses fausses dents. Pendant quelques jours, ça tient, et puis une nuit où elle tient compagnie à la bouteille, elle se retrouve brusquement avec des bouts de dents plein la bouche.

Le picrate avait dissous la colle, c'était écœurant. Il a fallu remplacer les dents cassées. Je ne sais plus comment on s'est débrouillé, mais je me rappelle Vicky en train de brailler que ça lui faisait une tête de cheval.

En général, on avait ce genre de discussions quand on avait picolé. Vicky a eu beau me seriner que j'étais bestial quand je buvais, je pense qu'elle était la plus bestiale des deux. Bref, on discutait et il lui arrivait de se lever, de claquer la porte et de descendre traîner dans un bar. «En chercher un vrai», comme elles disent.

Ça me pinçait toujours le cœur quand elle se tirait, j'avoue. Parfois elle restait dehors deux ou trois jours. Et nuits. Ce n'était pas très gentil de sa part.

Un jour, elle se tire, je m'assieds pour picoler et réfléchir à tout ça. Puis je me lève, je prends l'ascenseur et je sors dans la rue. Je la retrouve dans son bar favori. Elle est assise et tient dans la main une écharpe violette. Jamais vu cette écharpe violette. Ça commence à bien faire. Je m'avance vers elle et je lui crie :

— Je me décarcasse pour faire de toi une femme, mais tu n'es qu'une grande putain !

Le bar est plein à craquer. Je lève la main. Je cogne. Un revers, qui la fait descendre de son putain de tabouret. Elle tombe par terre et elle chiale.

Ça se passe au bout du comptoir. Je ne la regarde même pas, je longe le comptoir jusqu'à la sortie, puis je me retourne face à la foule. Grand silence.

— Et maintenant, je dis, si l'un de ces messieurs n'est pas d'accord avec ce que je viens de faire, qu'il le DISE...

Silence plombé.

Je pivote vers la porte et je sors. A peine j'ai posé le pied sur le goudron que ça démarre : et ça papote et ça jacasse, ça jacasse et ça papote dans mon dos.

ET MERDE ! Pas un seul mec dans la galère !

... Elle est revenue, bien sûr. Alors, il faut bien faire aller, nous avons bu jusque très tard cette nuit-là, et l'éternelle discussion est repartie. J'ai décidé d'en finir.

— JE ME CASSE DE CE PUTAIN DE TROU ! je crie à Vicky. TES CONNERIES ME SORTENT PAR LES TROUS DE NEZ !

Elle bondit devant la porte.

— Il faudra que tu marches sur mon cadavre, si tu veux sortir !

— O.K., si c'est ça que tu veux.

Elle en reçoit une bonne et elle s'écroule devant la porte. Je dois déplacer le corps pour sortir.

Je descends par l'ascenseur. Je me sens plutôt bien. Une belle glissade de quatre étages. L'ascenseur est une sale petite cage qui pue la vieille chaussette, le vieux chapeau, la vieille serpillière, mais il m'inspire comme un sentiment de sécurité, de puissance (bizarre), et le vin commence à me chauffer.

Mais je me retrouve dehors et le grand air me rince la tête. Je vais chez le marchand de vin, j'en achète quatre litres, je reviens chez moi et je remonte par l'ascenseur. De nouveau, cette sensation de sécurité et de puissance. J'entre. Vicky est assise sur une chaise, elle pleure.

Je lui dis :

— Tu as de la chance, chérie, me voilà !

— Salaud ! tu m'as frappée. TU M'AS FRAPPEE !

— Mouais, dis-je en ouvrant une bouteille, si tu me fais encore chier tu en recevras d'autres.

— OUAIS ! TU ME FRAPPES MAIS TU FRAPPERAIS JAMAIS UN MEC ! T'AS RIEN DANS LE VENTRE !

— JE VEUX, QUE JE FRAPPERAI JAMAIS UN MEC ! TU ME PRENDS POUR UN CINGLE ? OU EST LE RAPPORT ?

Ça la calme un moment, on s'assied et

on vide plusieurs verres de vin et de porto.

Puis elle repart dans une histoire insensée, comme quoi je me branle pendant qu'elle dort.

Même si c'est vrai, c'est mon problème, pas le sien, ou alors c'est une VRAIE cinglée. Elle braille que je me branle dans la douche, dans les chiottes, dans l'ascenseur, partout.

A chaque fois que je sors de la douche, elle se pointe dans la salle de bains :

— Là ! Regarde ! REGARDE !

— T'es cinglée, c'est une tache.

— Non, c'est du FOUTRE ! du FOUTRE !

Ou alors, elle arrive quand je me lave sous les bras ou entre les jambes, et elle dit :

— Tu vois ? Tu vois ! Tu recommences...

— Je recommence QUOI ? J'ai le droit de me laver les couilles, oui ou merde ? MES couilles ! J'ai le droit, non ?

— Et ce machin tout raide, là ?

— C'est mon index gauche. Et maintenant, FOUS LE CAMP !

Une autre fois ça se passe au lit, je dors à poings fermés et elle m'agrippe la queue et les bourses, mec, je roupille, il est minuit, et ses ONGLES !

— AH AH ! JE TE TIENS ! JE TE TIENS !

— T'es cinglée ? Recommence et JE TE JURE QUE JE TE FAIS LA PEAU !

— JE T'AI EU ! JE T'AI EU ! JE T'AI EU !

— Pour l'amour de dieu, dors...

Donc cette nuit-là elle est sur sa chaise et elle chiale, comme quoi je me branle, etc. Moi je suis sur ma chaise à siroter du vin et je ne me défends pas, ce qui la met en colère.

Vraiment en colère.

Finalement elle craque, avec son baratin sur mes branlettes, coincée entre ses visions et moi assis en face d'elle avec un grand sourire. Elle se lève d'un bond et part en courant.

Je la laisse filer. Je reste assis à boire du vin et du porto.

Toujours la même histoire.

Tout est fini, je pense. Mouais, pas trop tôt.

Alors, sans me presser, je me lève et je descends par l'ascenseur. Bonne vieille sensation de puissance. Je suis très calme, pas fâché. A la guerre comme à la guerre.

J'ai marché dans la rue, en évitant son bar favori. Pourquoi rejouer le même morceau ? Tu es une pute, j'ai essayé de faire de toi une femme, et merde. A la longue on devient vraiment con. Autre bar, donc, et je m'assieds sur un tabouret près de l'entrée. Je commande un verre, je bois une gorgée, je repose le verre, et c'est alors que je la vois. Vicky. Au bout du comptoir. J'ignore pourquoi, mais elle a l'air paniquée.

Je ne fais pas un geste, je me contente de la regarder comme si je ne la connaissais pas.

Puis je remarque ce truc à côté de moi, sur un de ces vieux manteaux de renard : la tête du renard mort, qui pend entre les deux seins. Cette tête me regarde. Les deux seins aussi, d'ailleurs.

Je dis à la fille :

— Ton renard m'a l'air d'avoir drôlement soif, cocotte.

— Il est mort, il n'a plus soif. Mais moi je crève de soif.

Allons, un mec sympa comme moi ne va pas laisser dépérir cette malheureuse ! Je lui paie un verre. Margy, qu'elle s'appelle. Je me présente : Thomas Nightingale, marchand de chaussures. Margy. Tous ces noms, toutes ces femmes qui boivent, qui chient, ont des règles, baisent des mecs, se font boucler dans des lit-placards, ça me dépasse.

Deux verres de plus et la voilà qui fouille dans son sac et qui me sort une photo de ses gosses, un gamin très laid avec une tête de taré et une petite toute chauve, oui ils vivent dans un trou perdu dans l'Ohio, c'est leur père qui les garde, quel monstre leur père, un maniaque des affaires; aucun humour et pas très futé. Vous voyez le genre ? Et il ramène des filles à la maison et il les baise sous ses yeux avec la lumière.

— Oui, dis-je, je vois, je vois. C'est bien vrai que les hommes sont des monstres. Ils ne comprennent rien à rien. Mais bon dieu, c'est FOU ce que tu me plais.

Je propose qu'on aille dans un autre bar. Vicky tortille du cul comme une demi squaw.

On la laisse en plan. On tourne le coin et on se roule un palot.

Alors je propose qu'on aille chez moi. Casser une petite croûte. Ce qui veut dire faire des courses.

Je ne lui dis pas un mot sur Vicky, évidemment. Vicky est la championne du poulet rôti. Peut-être parce qu'elle a une tête de poulet rôti, avec des dents de cheval.

Donc, je propose qu'on achète un poulet, et qu'on le fasse rôtir au whisky. Elle n'a rien contre.

Marchand de vin, donc. Du whisky et cinq ou six litres de bière.

On trouve un supermarché ouvert la nuit.

Il y a même une boucherie.

— On veux se rôtir un poulet, dis-je.

— Mon dieu, dit le boucher.

Je fais tomber une bouteille de bière, elle explose comme une bombe.

— Mon dieu !

J'en laisse tomber une autre pour voir ce qu'il va dire.

— Seigneur !
— Je veux TROIS POULETS !
— TROIS POULETS ?
— Seigneur, oui !

Le boucher ramène trois poulets jaunassons et mal plumés, avec des longs poils noirs qui ressemblent à des cheveux, et il emballe le tout, un gros gros paquet, du vilain papier rose tenu par du scotch.

Je laisse tomber deux autres bouteilles sur le chemin.

On prend l'ascenseur, et je me sens ragaillardi. Une fois chez moi je soulève la robe de Margy pour voir ce qui tient ses bas. Puis je lui enfonce un gros doigt gentil, le majeur droit. Margy crie et lâche le gros paquet rose. Le gros paquet s'écrase sur le tapis, les trois poulets giclent. Ils tirent une drôle de têtes, ces trois poulets, tout jaunassons avec plantés dans la peau leurs 30 ou 40 poils raides comme les cheveux d'un trucidé, le bec ouvert sur le tapis à fleurs jaunes et marrons, avec des arbres et des dragons chinois, sous les néons de Los Angeles, tout au bout du monde, entre Union et la Sixième Rue.

— Les poulets !
— Merde aux poulets.

Son slip est sale, tant mieux. Je remets mon doigt.

O.K., là-dessus je m'assieds, je débouchonne le whisky, je remplis deux verres à ras-bord, j'enlève chaussures, chaussettes, pantalon, chemise et j'allume une cigarette, en caleçon. Ça me prend souvent et je n'hésite pas. J'aime mon confort. Si la fille n'est pas contente, rien à foutre, elle a le droit de se tirer. Pourtant, elles restent toutes. J'ai un truc. Certaines disent que j'aurais dû être roi, les autres disent autre chose, et merde.

Elle ne laisse pas grand-chose dans son verre et elle remet son disque.

— J'ai mes gosses dans l'Ohio, trois beaux gosses...

— Laisse tomber, on en est plus là. Dis-moi, tu fais des pipes ?

— Pardon ?

— OH, MERDE !

J'écrase mon verre sur le mur.

J'en demande un autre, je le remplis et on se remet à picoler.

Le whisky nous occupe un moment et ça doit me monter à la tête, je ne sais pas comment je me retrouve à poil sur le lit. Margy est debout à côté, nue, et elle m'astique la queue à toute vitesse avec son renard. En même temps qu'elle astique elle répète :

— Je vais te baiser, je vais te baiser.

— Ecoute, je ne sais pas si tu y arriveras. Je me suis branlé dans l'ascenseur, sur le coup de huit heures.

— Je te baiserai quand même.

Margy y va de bon cœur avec son renard. C'est parfait. Et si j'allais jouir tout seul ? J'ai connu un type qui se branlait avec un verre à whisky rempli de foie de veau. Moi, je ne fourrerais pas ma queue dans un truc aussi fragile. Vous me voyez arrivant chez le toubib la queue en sang ? « C'est arrivé en baisant un verre à whisky. » Une fois, je glandais dans un bled au Texas et je suis tombé sur une fille, un châssis superbe, mariée à un vieux nabot tout ratatiné avec un air mauvais et une maladie bizarre qui le faisait trembler des pieds aux cheveux. Elle le trimballait dans un fauteuil à roulettes, et j'imaginais le nabot en train de foncer sur ce magnifique tas de chair. Je les ai pris en photo, et j'ai fini par connaître toute l'histoire. Quand elle était gosse elle s'était enfilé une bouteille de coca dans le con. Impossible de la sortir. Elle avait dû aller chez le toubib, le toubib avait sorti la bouteille, et l'histoire avait circulé. Sa réputation était faite, mais elle ne s'était jamais décidée à déguerpir. Plus un type n'avait voulu d'elle, sauf le nabot avec ses frissons. Lui s'en foutait, il s'envoyait le plus beau cul de la ville.

Où en étais-je ? Ah oui !

Le renard va plus vite, plus vite et finalement je jouis, juste au moment où une clé grince dans la porte. Merde, ça doit être Vicky !

O.K., n'hésitons pas. Je lui botte le cul et je finis mon affaire.

La porte s'ouvre, c'est Vicky avec deux flics sur les talons.

— FAIS SORTIR CETTE FILLE DE CHEZ MOI ! elle crie.

DES FLICS ! Je n'en crois pas mes yeux. Je rabats la couverture sur les soubresauts de mon organe géant et je fais semblant de dormir. On dirait que j'ai un concombre sous la couverture.

Margy crie de son côté :

— Je te connais, Vicky, t'es pas chez toi ici ! Ce mec GAGNE sa vie en te léchant les poils du cul ! Il t'envoie au septième ciel en téléphérique avec sa langue en papier de verre, tu n'es qu'une PUTE, une sale pute merdeuse à deux dollars. Et ÇA depuis Frankie D., tu avais DEJA 48 ans !

Sur ces mots, mon concombre se dégonfle. J'ai l'impression que ces deux nanas ont quatre-vingts ans. Chacune, je veux dire à elles deux, elles pourraient retourner sucer Lincoln, ou à peu près. Sucer le général Lee, George Washington, Mozart, Samuel Johnson, Robespierre, Napoléon. Et Machiavel ? Le vin conserve, Dieu souffre pour nous, les putes font des pipes.

Et Vicky qui remet ça :

— QUI C'EST LA PUTE ICI ? HEIN ? LA PUTE ! C'EST TOI, C'EST TOI LA PUTE ! TU VENDS TON CUL DU HAUT EN BAS D'ALVARADO STREET DEPUIS TRENTE ANS ! UN MOUCHARD AVEUGLE QUI FAIT LA RUE UNE FOIS A LE TEMPS DE TE RENIFLER TROIS FOIS ! TU BRAILLES « PAN ! PAN ! » QUAND PAR HASARD TU FAIS JOUIR UN MEC ! ET ÇA DEPUIS CONFUCIUS, QUAND IL POMPAIT SA MERE !

— TAIS-TOI TRAINEE ! TU AS VIDE PLUS DE COUILLES QU'IL Y A DE BOULES SUR UN SAPIN DE NOEL.

— Ecoutez mesdames, dit l'un des flics, je vous demande de surveiller vos paroles et de mettre une sourdine. Tact et tolérance sont les deux mamelles de la Démocratie. Moi j'adore Bob Kennedy quand il recale sa mèche bouclée sur sa petite tête d'ange, pas vous ?

— Ta gueule, sale pédé, dit Margy. C'est ça, c'est pour t'assouplir le trou du cul que tu mets des pantalons serrés ? Dieu qu'il est chou ! Je me le ferais bien. Je vous ai repérés sur l'autoroute, quand vous refilez vos P.V. aux portières, et j'ai toujours envie de pincer vos petits culs.

Dans les yeux avachis du flic passe un éclair, il dégaine sa matraque et frappe Margy sur le cou. Margy s'écroule.

Puis le flic lui passe les menottes. J'entends le clic-clac, ces salauds serrent trop fort, COMME TOUJOURS. Mais ils se sentent si BIEN quand ils vous ont alpagué, ils se sentent puissants et nous on se sent comme Jésus-Christ, en plein drame.

Je garde les yeux fermés et je ne vois pas s'ils lui passent une robe ou quoi.

Le flic aux menottes dit à son collègue :

— Je vais la mettre dans l'ascenseur. On prendra l'ascenseur.

J'ai du mal à entendre mais je devine qu'ils se tirent, puis j'entends Margy couiner :

— Oooooh, ooooh, lâchez-moi, salauds, lâchez-moi !

— La ferme, répète l'autre, la ferme ! Tu l'as assez cherché ! Et attention ! Ce n'est... que le... début !

Margy se met vraiment à chialer.

Le deuxième flic s'approche du lit. De mon œil mi-clos je vois son godillot noir et super ciré sur le matelas, puis sur la couverture.

Le flic baisse les yeux sur moi.

— C'est un pédé ? Ma parole, il a l'air d'un pédé.

— Ça m'ETONNERAIT, mais ça se pourrait. En tout cas, il baise avec des filles.

Le flic demande à Vicky :

— Alors, tu veux que je le coffre ?

Je garde les yeux fermés, et l'attente est longue. Oh là, qu'elle est longue ! Avec le godillot sur la couverture, la lampe au plafond.

Enfin elle l'ouvre.

— Non, il est... ça va, laissez-le.

Le flic retire son godillot. Je l'entends qui traverse la pièce, s'arrête devant la porte. Il dit à Vicky :

— Je vous demanderai cinq dollars de plus

pour votre protection, le mois prochain. Vous n'êtes pas une cliente facile.

Il disparaît. Il est dans le couloir, j'attends qu'il monte dans l'ascenseur. J'entends l'ascenseur toucher le rez-de-chaussée. Je compte jusqu'à 64. Là, JE SAUTE DU LIT.

Je palpite des narines comme un Grégory Peck en chaleur.

— ESPECE DE SALOPE! SI TU REFAIS ÇA, JE TE TUE!

— Non, non, non!!!

Je lève la main pour lui flanque sa gifle.

— J'AI DIT AU FLIC DE TE LAISSER!

— Mmmmm, c'est vrai.

Je laisse retomber ma main.

Il reste un peu de whisky, et même du vin. Je me lève et je vais verrouiller la porte.

J'éteins la lumière, on s'assied, et là-dessus whisky, cigarettes, baratin. Et patati et patata. Puis, comme au bon vieux temps, on regarde le cheval rouge en néon qui clignote sur la façade d'un building dans le centre, vers l'Est. Le cheval clignote sur cette façade toute la nuit, quoi qu'il arrive. Vous voyez le genre, une espèce de cheval rouge avec des ailes en néon. C'est vrai, je l'ai déjà dit, un cheval ailé. Passons. Comme d'habitude, on compte : un, deux, trois, quatre, cinq, six, sept. Les ailes battent toujours sept fois, tout le cheval reste allumé, puis ça recommence. L'appartement baigne dans cette lueur rouge. Quand les ailes s'arrêtent, il y a comme un éclair blanc. D'où vient cet éclair blanc? Peut-être une pub sous le cheval aux ailes rouges, du genre « Achetez la lessive machin », en lettres BLANCHES. Passons.

Baratin, whisky et cigarettes.

Plus tard on va se coucher, tous les deux, elle

embrasse très gentiment, on dirait que sa langue est triste de se rendre.

Puis on baise. On baise sous le cheval rouge qui clignote.

Sept fois les ailes battent. Au milieu du tapis les trois poulets n'ont pas bougé, fidèles au poste. Les poulets passent au rouge, les poulets passent au blanc, les poulets passent au rouge. 7 fois rouges. Une fois blancs. 14 fois rouges. Une fois blancs. 21 fois rouges. Une fois blancs. 28 fois rouges...

Cette nuit-là finit mieux que beaucoup d'autres.

DOUZE SINGES VOLANTS QUI NE SONT JAMAIS ARRIVÉS À BAISER

J'entends la sonnette. J'ouvre la fenêtre à côté de la porte, il fait nuit. Je demande :
— Qui c'est ?
Quelqu'un marche vers la fenêtre, mais impossible de voir sa tête. J'ai deux ampoules au-dessus de ma machine à écrire. Je claque la fenêtre mais dehors ils se mettent à causer. Je m'assieds à ma machine. Ça continue à causer. Je saute vers la porte, je l'enfonce et je gueule :
— ENCULES ! JE VOUS AI DEJA DIT DE NE PLUS M'EMMERDER !
Je jette un œil : il y a un type en bas des marches et un autre qui pisse sous la véranda. Il pisse dans mes plantes à gauche, debout au bord de la véranda, son jet épais gicle en arc de cercle et retombe dans le massif.
— Eh, ce type pisse sur mon massif !
Le type en question rigole et continue de pisser. Je l'attrape par le pantalon, je le soulève, il est toujours en train de pisser, je le

95

balance dans la nuit par dessus les plantes, et on ne le revoit plus.

Son copain me dit :
— Pourquoi as-tu fait ça ?
— Parce que j'en avais envie.
— Tu es bourré.
— Ah ouais ?

Il disparaît au coin de la rue. Je ferme la porte et je retourne à ma machine. O.K., j'en étais au savant fou qui a dressé des singes à voler, onze singes avec des ailes bizarres. Les singes ne sont pas mauvais. Le savant fou leur a même appris à faire la course. La course autour des pylônes, parfaitement. Maintenant voyons... faut que ça soit bon. Pour s'en sortir dans une nouvelle, il faut du cul, beaucoup de cul, si possible. Vaudrait mieux douze singes : six mâles, et six autres. Bon. Maintenant, en avant les singes ! C'est parti ! Ils virent autour du premier pylône. Mais comment les amener à la baise ?

Je n'ai pas vendu une nouvelle depuis deux mois. J'aurais mieux fait de rester dans ce putain de bureau de poste. Bon. Les voilà. Tour du premier pylône. Et s'ils foutaient le camp, sans prévenir ? Pas mal, non ? Ils vont survoler Washington et ils tournent au-dessus du Capitole en chiant sur la tête des gens. Ils pissent aussi et ils vont semer leur merde sur la Maison Blanche. Bon, j'en lâche une sur la tête du Président ? Non, là c'est trop. Tant pis, une merde sur un secrétaire d'Etat. On donne l'ordre de descendre les singes. Tragique, hein ? Et le cul, ça vient ? Doucement les gars, on y arrive. Voyons, dix singes se sont fait descendre, les pauvres bêtes. Restent les deux derniers : un mâle et l'autre. On dirait qu'ils ont disparu. Une nuit, un flic fait sa ronde dans le parc et il tombe sur mes singes en train de baiser comme des fous, toutes ailes dehors. Le flic s'avance. Le mâle l'entend, tourne la tête, le regarde, balance une vraie petite grimace de singe, sans perdre un coup de cul, puis il tourne la tête et revient à la lime. Le flic lui fait sauter le caisson. Ecœurée, la femelle repousse le corps et se met debout. Pour une singe elle est plutôt mignonne. Le flic cogite, cogite : non ça ne rentrera pas, peut-être que si, et si elle mordait ? Pendant qu'il réfléchit, elle tourne le dos et s'envole. Le flic la vise en l'air, elle est touchée, elle tombe.

Le flic s'amène : elle est blessée mais vit encore. Le flic jette un œil tout autour, il soulève la singe, sort son outil et essaye d'enfoncer. Pas la fête. Il y a de la place pour le gland, point final. Merde. Le flic la jette par terre, lui colle son pistolet sur la nuque et BAM ! C'est fini.

La sonnerie, encore.

Je vais ouvrir.

Rentrent trois types. Toujours des types ! Jamais une femme ne vient pisser sous ma véranda, d'ailleurs les femmes ont du mal à venir dans le coin. Comment aurais-je de bonne idées de cul ? J'ai quasiment oublié comment on fait. Il paraît que c'est comme le vélo, une fois qu'on a essayé, on sait pour la vie. Mais c'est meilleur que le vélo.

Il y a Jack le Dingue et deux types que je ne connais pas.

— Ecoute, Jack, je croyais bien t'avoir largué...

Jack s'assied. Les deux autres idem. Jack avait bien promis de ne plus revenir mais comme il est bourré la plupart du temps, ses promesses ne valent pas cher. Jack habite chez sa mère et fait semblant de peindre. Je connais au moins quatre ou cinq types qui habitent chez ou se font entretenir par leur mère, et tous ces types se croient des génies. Les mères suivent : « Bien sûr que Nelson n'a jamais trouvé d'éditeur ! Il est tellement en avance sur son temps ! » Ledit Nelson est peintre et décroche une expo. « Oui, dit la mère, il y a un tableau de Nelson à la galerie Warner-Finch cette semaine. On reconnaît son génie, enfin ! Nelson demande cinq mille dollars pour le tableau. Vous pensez que c'est trop ? » Nelson, Jack, Biddy, Norman, Jimmy, Katia. Et merde.

Jack est en jean, les pieds nus, pas de chemise, pas de maillot, juste un châle marron sur les épaules. Le premier type est tout rouge et barbu, et il grimace sans arrêt. L'autre est gras, tout simplement. Gras comme une outre.

— Tu as vu Borst ces derniers temps ? demande Jack.

— Non.

— Tu me passes une bière ?

— Ecoutez les mecs ! Vous vous pointez, vous videz ma gnôle et vous vous barrez en me laissant à sec...

— Ça va, ça va.

Il se lève, cavale dehors et ramasse la bouteille de vin qu'il avait planquée sous la véranda, derrière le coussin du fauteuil. Il fait sauter le bouchon, lampe un grand coup.

— Je me suis retrouvé à Venice avec une fille et une centaine de doses d'acide. J'ai cru qu'on me courait au cul et j'ai filé chez Borst avec la fille et les acides. Je cogne à la porte et je crie : « Ouvre, magne-toi ! Je me trimballe avec cent trips et j'ai des mecs au train ! » Borst ferme à clef. Je shoote dans la porte et j'entre au pas de course, toujours avec la fille. Borst est par terre en train de branler un mec. Je cours dans la salle de bains avec la fille et je ferme à clef. Borst frappe à la porte. Je lui dis : « Surtout, reste dehors ! » Je suis resté une bonne heure là-dedans avec la fille. On a baisé deux fois, pour rigoler, puis on est sortis.

— Et les acides ?

— Fausse alerte. Mais Borst l'a eu mauvaise.

— Merde, Borst n'a pas écrit un seul poème qui se tienne depuis 1955. Il vit aux crochets de sa mère. Excuse-moi, mais la vérité c'est qu'il passe son temps devant la télé, qu'il mange les petits oignons de maman, son petit maïs, ou qu'il va glander sur la plage avec son caleçon crasseux. C'était plutôt un bon poète, Borst, quand il vivait chez les Arabes avec ses petits garçons. Je n'arrive pas à le plaindre. Un gagneur, ça sait se prendre par la main. Comme dit Huxley, ce vieil Aldous : « Tout homme peut être un... »

— Et toi, ça marche ? demande Jack.

— Pas un contrat depuis une éternité.

Le barbu rouge se met à jouer de la flûte. L'outre est avachie sur sa chaise. Jack lève sa bouteille. La nuit est belle sur Hollywood, Californie. Au même moment, le type qui vit à côté de chez moi tombe du lit, il est bourré. Ça fait un sacré boucan. J'ai l'habitude. Je la connais par cœur cette sacrée cour : tous planqués derrière leurs rideaux, jamais levés avant midi. Leurs bagnoles se déglinguent devant dans la poussière, les pneus ramollissent, les batteries fatiguent. Tous ces types mélangent l'alcool et la défonce et tout ça sans revenus apparents. Je les aime bien : ils me foutent la paix.

Le voisin remonte sur son lit et il retombe.

On l'entend brailler :
— Vas-y, pauvre con, remonte !
— D'où sort ce boucan ? demande Jack.
— Le voisin. Un type très seul. Boit une bière par-ci par-là. Sa mère est morte l'année dernière en lui laissant vingt mille dollars. Il passe son temps à glander, à se branler, et à regarder le base-ball et les westerns à la télé. Il travaillait dans un garage, dans le temps.
— Il faut qu'on se tire, dit Jack. Tu viens avec nous ?
— Non.
Ils m'expliquent quelque chose à propos d'un film, *la Maison aux sept Pignons*. Ils ont rendez-vous avec quelqu'un du film. Pas le réalisateur, ni le producteur, ni un acteur, encore un autre.
Je dis :
— Non merci.
Ils fichent le camp. Beau spectacle.
Là-dessus, je retourne à mes singes. Je pourrais les sortir d'un chapeau. Vous les voyez tous les douze en train de baiser ? Bon ça. Mais comment ? Et pourquoi ? Ouais, ils s'engagent dans les ballets de l'Opéra. Mais pourquoi ? Cette histoire me rend dingue. O.K., essayons avec les ballets de l'Opéra. Mes singes font des figures dans l'espace. Seulement voilà, avant le spectacle, quelqu'un leur a filé de la cantharide à tous. Il paraît que la cantharide, c'est un mythe. Qu'à cela ne tienne : arrivée d'un deuxième savant fou, avec son stock de cantharide. Non, non, ah la la ! Je ne m'en sortirai jamais.
Sonnerie du téléphone. Je décroche, c'est Borst :
— Allo, Hank ?
— Ouais ?

— Tu as deux minutes ? Je suis fauché.
— Oui, Jerry.
— Voilà, mes deux vaches à lait m'ont claqué dans les doigts. La Bourse et le marché de l'or.
— Tiens donc.
— Bon, je savais que ça finirait par arriver, mais je me tire de Venice. Ici, je n'y arriverai jamais. Je m'installe à New York.
— Hein ?
— Je m'installe à New York.
— J'avais compris.
— O.K., je suis dans la merde. Mais là-bas je m'en sortirai, c'est sûr.
— Oui, Jerry.
— Ce pépin est la meilleure chose qui pouvait m'arriver.
— Ah oui ?
— Oui. Maintenant j'ai envie de me bagarrer. Comme avant. Tu vois les paumés sur la plage ? J'étais comme eux : en train de pourrir. Donc je me taille. Pas de problème, sauf pour les bagages.
— Les bagages ?
— Je ne sais pas pourquoi, impossible d'emballer mes affaires. Donc ma mère rapplique d'Arizona, elle habitera ici pendant mon absence. Je repasserai sûrement un jour.
— Comme tu veux, Jerry.
— Cela dit, avant New York, je m'arrête un coup en Suisse, et peut-être en Grèce. Et je reviens à New York.
— D'accord, Jerry. On se téléphone. C'est toujours sympa de t'avoir au bout du fil.

Revenons à nos singes. Douze singes qui volent et qui baisent. Comment faire ? Déjà douze bières de vidées. Je retrouve une demi bouteille de scotch au frigo, ma réserve personnelle. Un tiers de scotch, deux tiers de flotte. Je n'aurais jamais dû partir de ce sacré bureau de poste. Pourtant, même ici et mal barré, tu as encore ta chance. Il faut que ces douze singes baisent. Si tu gardais les chameaux dans le Sahara, tu aurais encore une chance ? Non. Alors magne-toi le train, et en avant les singes ! Tu disposes d'un minimum de talent, et tu ne vis pas aux Indes ; là-bas, tu serais déjà enfoncé par une douzaine de jeunots, si les Hindous savaient écrire. Bon, peut-être pas une douzaine, mais au moins cinq ou six.

Je vide le scotch, plus un demi litre de vin, je vais me coucher et j'oublie tout.

Le lendemain matin, à neuf heures, coup de sonnette. Il y a une petite noire accompagnée d'un blanc à tête de con derrière des lunettes sans monture. Ils m'expliquent comment, trois jours avant, dans une party, j'ai promis de venir faire un tour en bateau avec eux. Je m'habille et on monte dans leur voiture. On arrive devant une baraque, d'où sort un type très brun que je ne connais pas.

— Salut, Hank, dit le type.

Il paraît qu'on s'est rencontrés à cette party. Le brun distribue des mini-ceintures de sauvetages orange. Ensuite on se retrouve sur le quai. Je ne distingue même pas le quai de la flotte. On m'aide à descendre le long d'un truc branlant, en bois, qui mène à un ponton. Entre le dernier barreau et le ponton, un trou d'un mètre. On m'aide à sauter. Je dis :

— Qu'est-ce que c'est que ce bazar ? Quelqu'un a de la gnôle ?

Je me trompe de clients. Personne n'a de gnôle. J'atterris dans un canot qu'ils ont loué, un canot avec un moteur faiblard bricolé dessus. Au fond, une grosse flaque et deux poissons crevés. Qui sont ces gens. Eux m'e connaissent, c'est déjà ça. On cingle au large. Je vomis. Passe un poisson-ventouse qui flotte entre deux eaux. Tiens, je me dis, un poisson-ventouse embobiné autour d'un singe de l'air. Ah, c'est trop laid ! Hop, je vomis.

— Comment va le grand écrivain ? demande le type à tête de con assis à la proue, le type aux lunettes sans monture.

— Quel grand écrivain ?

J'imagine qu'il parle de Rimbaud (mais je n'ai jamais pris Rimbaud pour un grand écrivain).

— Vous !

— Moi ? Très bien merci. Et l'année prochaine, la Grèce !

— La graisse ? Vous vous beurrez le trou du cul ?

— Pas le mien, le tien.

On fonce vers le grand large, là où ça marchait pour Conrad. Va te faire mettre, Conrad. En 1970 ou plus tard, vous lirez ces lignes et je serai devant un whisky-coca dans une piaule sordide à Hollywood. Plus tard, quand ça sera râpé pour la partouze des singes. Le moteur crisse, crache dans l'eau. Cap sur l'Irlande. Non, on est dans le Pacifique. Cap sur le Japon. Et merde.

VIE ET MORT D'UN JOURNAL UNDERGROUND

Tout a commencé par deux ou trois réunions chez Joe Hyans.

En général j'arrivais bourré, et je ne me rappelle donc pas grand-chose sur les débuts d'*Open Pussy,* le journal underground. On m'a seulement raconté plus tard ce qui s'était passé, ou plutôt ce que j'avais fait.

Hyans :

— Tu as dit que tu allais nettoyer les lieux en commençant par le type dans le fauteuil à roulettes. Le type s'est mis à chialer et les gens à se tirer. Tu as cogné un autre type sur la tête avec une bouteille.

Cherry (la femme de Hyans) :

— Tu n'as pas voulu partir et tu as bu une pleine bouteille de whisky et tu n'as pas arrêté de dire que tu allais me baiser contre la bibliothèque.

— Et je l'ai fait ?
— Non.
— Ah, ça sera pour la prochaine fois.

Hyans :

— Ecoute, Bukowski, on essaie de s'organiser et tout ce que tu trouves à faire c'est de foutre la merde. Je n'ai jamais vu un pochard aussi débecquetant !

— D'accord, je me tire. Les gens n'en ont rien à foutre des journaux.

— Reste, on voudrait te confier une chronique. Tu es le meilleur écrivain de Los Angeles.

J'ai brandi mon verre :

— Tu m'insultes, connard ! Je ne suis pas venu ici pour me faire insulter !

— D'accord, disons que tu es le meilleur écrivain de Californie.

— Il continue à m'insulter !

— Bon, tu la fais ou pas, cette chronique ?

— Je suis poète.

— Et la différence entre la prose et la poésie ?

— La poésie en dit long et c'est vite fait ; la prose ne va pas loin et prend du temps.

— *Open Pussy* a beoin de toi.

— Remplis-moi un verre et je marche.

Hyans m'a rempli un verre et j'ai marché. J'ai bu le verre et je suis rentré à pied jusqu'à mon trou en pensant à l'erreur que j'étais en train de faire. J'avais presque cinquante ans et je me maquais avec une bande de gamins chevelus et barbus. Oh ! là là, *le pied,* mec, *super* ! La guerre c'est de la merde ; la guerre c'est le mal. *Faites l'amour pas la guerre !* Je connaissais la musique depuis cinquante ans et ça m'excitait beaucoup moins qu'eux. Ah, n'oublions pas la *défonce,* et la *planète. Super,* frangine !

J'ai trouvé une bouteille chez moi et je l'ai vidée, plus quatre canettes de bière, et j'ai gratté mon premier papier. Ça parlait d'une pute de cent cinquante kilos que j'avais baisée dans le temps à Philadelphie. Ça faisait une bonne chronique. J'ai corrigé les fautes de frappe, une branlette, et au dodo...

Ça s'est d'abord passé au rez-de-chaussée dans cette grande baraque de deux étages que Hyans avait louée. On trouvait là une poignée de volontaires semi-ringards, l'affaire en était au début et ça excitait tout le monde, sauf moi. Je matais les filles pour un coup éventuel, mais elles se ressemblaient toutes et elles se conduisaient pareil ; toutes dix-neuf ans, le cheveu queue de vache, petit cul, petits seins, de l'énergie, de la pagaïe, et très contentes d'elles sans trop savoir pourquoi. Je laissais traîner mes pattes d'ivrogne mais elles restaient toujours cool. Supercool.

— Ecoute pépé, on aimerait mieux te voir lever le drapeau du Nord-Vietnam !

— Ouais, probable que tu pues de la chatte !

— Tu n'es qu'un vieux cochon ! Vraiment... tu m'écœures !

Puis elles trottinaient en roulant leurs adorables petites fesses en pommes, avec dans la main, au lieu de mon joli gland tout rose, quelque brouillon juvénile où des flics malmenaient des jeunes et faisaient des descentes dans les troquets de Sunset Strip. Voilà où j'en étais, moi le plus grand poète vivant depuis Auden, et pas le moindre coup à tirer.

Mon papier fut jugé trop long. A moins que Cherry n'ait conçu des inquiétudes en me voyant affalé sur le divan en train de cuver et de lorgner sa petite fille. La gamine avait cinq ans, et les choses ont mal tourné à partir du moment où elle m'a sauté sur les genoux. La gamine m'a regardé droit dans les yeux en se tortillant et elle m'a dit :

— Je t'aime bien, Bukowski. Raconte-moi

une histoire. Je vais chercher une bière pour toi, Bukowski.

— Reviens vite, ma cocotte !

Cherry :

— Ecoute, vieux sal...

— Cherry, les enfants m'adorent. Qu'y puis-je ?

Zaza, la gamine, m'a ramené une bière en courant et m'a sauté sur les genoux. J'ai ouvert la bière.

— Je t'aime bien, Bukowski, raconte-moi une histoire...

— D'accord mon ange. Voilà, il était une fois un vieux monsieur et une gentille petite fille perdus dans une grande forêt...

Cherry :

— Ecoute, vieux sal...

— Ta ta ta, Cherry, je crois bien que tu as l'esprit mal tourné !

Cherry a cavalé au premier chercher Hyans qui était en train de chier :

— Joe, Joe, il ne faut plus que le journal se fasse ici ! Et je sais ce que je dis !...

Joe a dégotté un immeuble vide sur le boulevard, deux étages, et un soir où on avait bu du porto, je me suis retrouvé vers minuit, une lampe de poche à la main, avec Joe qui bricolait le boîtier du téléphone et permutait les câbles, histoire d'appeler Chicago à l'œil pendant une heure. C'était l'époque où l'autre journal underground de Los Angeles accusait Joe d'avoir volé le double de son fichier d'abonnés.

Je savais, bien sûr, que Joe avait une morale, des scrupules, des idéaux — c'est pour ça qu'il avait démissionné d'un grand quotidien, c'est pour ça qu'il avait quitté l'autre journal underground. Joe était une espèce de Christ. Ouais.

— Tiens la lampe, bon Dieu, a dit Joe...

Le lendemain matin dans ma piaule, sonnerie du téléphone. C'était mon copain Mongo le Géant des Hauteurs Sacrées.

— Hank ?
— Ouais ?
— Cherry est passée la nuit dernière.
— Ah ouais ?
— Elle avait le double du fichier. Très nerveuse. Elle voulait que je le planque, racontait que Jensen était sur la piste. J'ai planqué le truc dans la cave sous la pile de mandalas que Jimmy le Nain a dessinés juste avant sa mort.
— T'as baisé Cherry ?
— Pour quoi faire ? Un vrai sac d'os. Je me serais écorché dessus.
— T'as bien baisé Jimmy le Nain qui pesait pas quarante kilos.
— Il avait bon cœur.
— Ouais ?
— Ouais.

J'ai raccroché...

Pendant quatre ou cinq numéros, *Open Pussy* est sorti farci de proclamations du genre : ON AIME LE *L.A.. FREE PRESS,* OH ! ON AIME LE *L.A. FREE PRESS,* LOVE LOVE LOVE POUR LE *L.A. FREE PRESS.*

On pouvait y aller à fond, on avait leur fichier.

Un soir Jensen et Joe ont dîné ensemble. Joe m'a dit par la suite que tout était désormais « réglé ». Je ne sais pas qui avait baisé qui, ni qui s'était mis à genoux sous la table, d'ailleurs je m'en fous...

Je me suis rapidement aperçu que j'avais d'autres lecteurs que les barbus et les perlus...

A Los Angeles le nouvel Immeuble Fédéral est tout en verre, moderne et taré, avec des enfilades de pièces à la Kafka, livrée chacune à un crapaud branleur ; tous les circuits se parasitent les uns les autres et chacun se démène à la va-comme-je-te-peux, mais le ver est dans le fruit. J'ai payé mes quarante-cinq *cents* pour une heure de parking (ou plutôt, on m'a donné un ticket) et je suis entré dans le hall de l'Immeuble Fédéral avec ses fresques du genre Diego Rivera châtré des neuf dixièmes de son talent : des marins américains, des Indiens et des soldats tout en sourire qui faisaient les malins sous des jaunes merdiques, des verts à gerber et des bleus pisseux.

J'étais convoqué personnellement et je me doutais bien qu'il ne s'agissait pas d'une promotion. On a pris ma lettre et on m'a laissé poireauter trois quarts d'heure. Style : « T'as envie de chier, gros con, et on t'emmerde. » La routine. Heureusement, j'ai de l'expérience et je sais comment on poireaute, comment on se détend, en reluquant les filles qui passent, en les imaginant au pieu les pattes en l'air ou la bouche pleine. Je me suis vite retrouvé avec un gros bâton entre les jambes (enfin, gros pour moi) et j'ai dû baisser les yeux un bon moment sur le carrelage.

On a fini par m'appeler, une Négresse fort noire, élancée, bien sapée, agréable, la grande classe et même un soupçon de bonté, avec un sourire qui disait très bien qu'elle savait que j'allais me faire baiser mais qui suggérait qu'elle n'aurait vu aucun inconvénient à faire mumuse avec moi. Ça me dorait la pilule. Et après ?

Je suis entré.

— Asseyez-vous.

Type derrière bureau. Toujours pareil. Je m'assieds.

— M. Bukowski ?

— Ouais.

Le type m'a dit son nom. Aucun intérêt.

Il s'est renversé sur son dossier, m'a regardé.

J'étais sûr qu'il s'attendait à quelqu'un de plus jeune et de plus reluisant, plus flamboyant, l'air plus intelligent, plus futé... et moi j'étais vieux, éteint, crevé, avec la gueule de bois. Le type grisonnait sur les bords avec distinction, vous voyez de quelle distinction je parle. Pas le genre à ramasser les betteraves au milieu d'une bande d'immigrés mexicains, ou à passer vingt fois la nuit au trou avec les poivrots. Ou à cueillir les citrons torse nu à six heures du matin sous prétexte qu'à midi il fera 40 à l'ombre. Il n'y a que les pauvres qui connaissent la vie ; pas les riches ni les planqués. Là, bizarrement, je me suis mis à penser aux Chinois. Les Russes avaient molli ; si ça se trouvait, les seuls à connaître la vie étaient les Chinois, les seuls qui piochent la merde, qui crachent sur le ramollo. Pourtant je ne fais pas de politique, trop d'arnaques : l'Histoire nous encule toujours et tous, à la fin des fins. Sur ce terrain j'avais de l'avance : plumé, baisé, enculé, pour des prunes.

— M. Bukowski ?

— Ouais ?

— Eh bien voilà... l'un de nos informateurs...

— Ouais, allez-y...

— ... nous a fait savoir que vous n'êtes pas marié avec la mère de votre enfant.

Pour le coup, j'ai imaginé le type en train de décorer un sapin de Noël, un whisky à la main.

— C'est exact, je ne suis pas marié avec la mère de mon enfant, qui a quatre ans.

— Vous lui versez une pension alimentaire ?

— Oui.

— De combien ?

— Je ne vous le dirai pas.

Le type s'est renversé sur son dossier :

— Vous devez comprendre que nous, fonctionnaires, devons respecter certaines normes.

Je ne me sentais pas particulièrement coupable de *quoi que ce soit,* et je n'ai pas répondu.

J'ai attendu.

Hé les mecs, où êtes-vous ? Hé, Kafka ? Hé, Lorca, flingué dans la poussière sur la route ? Et toi, Hemingway, tu racontais que tu étais filé par la CIA et on voulait pas te croire, sauf moi...

Alors le vieux distingué frais et rose et grisonnant avec sa tête à ne pas ramasser les betteraves a pivoté sur son fauteuil, mis la main dans un petit casier frais verni et sorti cinq ou six exemplaires d'*Open Pussy*.

Il les a jetés sur le bureau comme des vieux étrons puants. Il les a tapotés de sa main à ne pas cueillir les citrons.

— Tout nous porte à croire que vous êtes l'auteur de ces *Mémoires d'un vieux dégueulasse*.

— Ouais.

— Qu'avez-vous à dire à ce sujet ?

— Rien.

— Vous appelez ça *écrire ?*

— Je fais ce que je peux.

— Ecoutez, j'ai deux fils à ma charge et ils suivent actuellement des cours de journalisme dans la meilleure des écoles, et J'ESPERE...

Il a tapoté les canards, ces canards puants comme des étrons, avec le dos de sa main ni prolo ni taulard, et il a dit :

— J'espère bien que mes fils n'écriront jamais comme VOUS !

Je l'ai rassuré :

— Aucune chance !

— M. Bukowski, je crois que cet entretien est terminé.
— Ouais.

J'ai allumé une clope, je me suis levé, j'ai gratté ma panse à bière et je me suis tiré.

Le second entretien a eu lieu plus tôt que prévu. J'étais en train de bosser comme un malade (évidemment) sur un tout petit boulot très important quand l'interphone a craché : Henry Charles Bukowski est demandé au bureau du Superintendant !

J'ai laissé tomber mon important petit boulot, j'ai demandé une fiche de service au petit chef local et je suis monté au bureau. Le secrétaire du Grand Patron, un vieux mollasson, m'a jeté un bref regard :

— C'est *vous,* Charles Bukowski ? m'a-t-il demandé, l'air déçu.
— Ouais mon vieux.
— Veuillez me suivre.

Je l'ai suivi. C'était un grand immeuble. On a descendu plusieurs escaliers jusqu'à une salle tout en longueur qui donnait sur une grande pièce sombre qui donnait sur une autre grande pièce sombre. Deux types étaient assis au bout d'une table qui faisait bien vingt-cinq mètres. Une seule lampe, et ils étaient assis dessous. Au bout de la table, une chaise — ma chaise.

— Vous pouvez entrer, m'a dit le secrétaire avant de s'éclipser.

Je suis entré. Les deux types se sont levés. On s'est retrouvés tous les trois sous la lampe au milieu des ténèbres et là, je ne sais pas pourquoi, mais j'ai repensé à tous ces assassinats.

Puis je me suis dit, on est en Amérique, papa, Hitler est mort. Enfin j'espère.

— Bukowski ?
— Ouais ?

Les deux types m'ont serré la main.
— Asseyez-vous.

Super, mec.

— Voici M. ..., de Washington, a dit l'autre, une huile locale.

Je n'ai rien dit. La lampe n'était pas mal. Un abat-jour en peau humaine ?

M. Washington a pris la parole. Il tenait une sacoche où nageaient trois ou quatre papelards.

— Eh bien, M. Bukowski...
— Ouais ?
— Vous avez quarante-huit ans et vous êtes employé par le gouvernement des Etats-Unis depuis onze ans.
— Ouais.
— Vous avez été marié deux ans et demi une première fois, vous avez divorcé et vous avez épousé votre femme actuelle. Depuis quand ? Nous aimerions le savoir.
— Pas de date. Pas de mariage.
— Vous avez un enfant ?
— Ouais.
— Quel âge ?
— Quatre ans.
— Vous n'êtes pas marié ?
— Non.
— Vous versez une pension alimentaire ?
— Oui.
— De combien ?
— A peu près ce qu'il faut.

M. Washington s'est renversé dans son fauteuil. Personne n'a pipé mot pendant cinq bonnes minutes.

Une pile d'*Open Pussy,* journal underground, a fait son apparition.

M. Washington a demandé :
— C'est bien vous qui écrivez ces *Mémoires d'un vieux dégueulasse ?*
— Ouais.

M. Washington a tendu un numéro à M. Los Angeles.
— Vous avez vu celui-là ?
— Non non, pas encore.

En surimpression sur le papier, il y avait une bite à pattes, une ENORME bite à pattes. C'était l'histoire d'un copain que j'avais enculé par erreur, pendant une cuite, en le prenant pour une copine. Il m'avait fallu deux semaines pour virer le copain de chez moi, et l'histoire était vraie.

M. Washington a demandé :
— Vous appelez ça *écrire ?*
— Je ne connais rien à l'écriture. Mais je trouvais que c'était une histoire amusante. Vous trouvez que ça manque d'humour ?
— Mais cette... cette illustration en travers de la page ?
— La bite à pattes ?
— Oui.
— Le dessin n'est pas de moi.
— Vous n'avez aucune responsabilité dans le choix des illustrations ?
— On boucle le mardi soir.
— Et vous ne venez pas le mardi soir.
— Je suis censé venir le mardi soir.

Ils ont passé un moment à feuilleter *Open Pussy* et à regarder mes articles.

— Vous savez, a dit M. Washington en tapotant les *Open Pussy* du dos de la main, vous auriez mieux fait de vous cantonner à la *poésie,* mais puisque vous vous engagez sur cette voie...

Et de tapoter les *Open Pussy.*

J'ai laissé passer deux minutes et demi. Puis j'ai demandé :

— Faut-il considérer les fonctionnaires des Postes comme la nouvelle critique littéraire ?

— Pas du tout, a dit M. Washington, nous ne disons pas *ça*.

J'ai encore attendu.

— Une certaine tenue est exigée de nos employés. Vous êtes sous l'Œil du Public. Vous devez avoir une conduite exemplaire.

— Il me semble, dis-je, que vous attaquez ma liberté d'expression, avec menace de licenciement. Ça pourrait intéresser le syndicat.

— Si seulement vous n'aviez pas écrit ces articles !

— Messieurs, il y a dans la vie de chacun un moment où il faut choisir de fuir ou de résister. Je choisis de résister.

Silence.
Attente.
Attente.
Froissements d'*Open Pussy*.
Puis M. Washington :

— M. Bukowski ?

— Ouais ?

— Avez-vous l'intention d'écrire d'autres articles au sujet des Postes ?

J'avais écrit ce papier qui me paraissait plus comique que méchant — mais après tout, j'ai peut-être l'esprit tordu.

A moi de les faire attendre. J'ai fini par lâcher :

— Non, à moins que vous ne m'y obligiez.

A *eux* de jouer la montre. On aurait dit ces parties d'échecs où tu espères que l'autre va bouger la mauvaise pièce : découvrir ses pions, ses fous, cavaliers, roi, reine, tripes (et là, pendant que tu lis ça, je suis toujours dans mon putain de boulot. Super, mec, envoyez deux dollars pour bière et couronnes au Fond de Réadaptation Charles Bukowski, 5 rue de...).

M. Washington s'est levé.

M. Los Angeles s'est levé.

M. Charles Bukowski s'est levé.

M. Washington a dit :

— Je crois que l'entretien est terminé.

Nous nous sommes serrés la main comme des cobras rendus fous par un coup de soleil.

M. Washington a dit :

— En attendant, ne sautez pas par-dessus le parapet...

Bizarre : je n'y avais même pas pensé.

— ... nous n'avons jamais vu un cas pareil en dix ans.

(Dix ans ? Qui avait été le dernier pompé ?)

— Et alors ? dis-je.

— M. Bukowski, a dit M. Los Angeles, veuillez regagner votre poste.

J'ai passé un moment inagréable (on dit désagréable ?) à chercher mon chemin dans ce dédale kafkaïesque, et une fois revenu à mon étage mes tristes collègues (des vrais couilles-au-cul) ont commencé à couiner :

— Hé petit, où t'étais ?

— Qu'est-ce qu'y voulaient, papa ?

— T'as encore limé une petite noire, gros pépé ?

J'ai répondu par le silence. On en apprend des choses, chez ce vieil Oncle Sam.

Ils ont continué à me faire bisquer et à se triturer leurs méninges à merde. Ils pétaient de trouille. J'étais le Vieux Peinard et si les chefs arrivaient à casser le Vieux Peinard, les chefs auraient leur peau à tous.

Je leur ai dit :

— Ils voulaient me nommer receveur.
— Et après, papa ?
— Je leur ai dit d'aller se faire cuire un étron dans leur claque-merde.

Le petit chef de l'étage s'est pointé et tous les gars ont fait le dos rond mais moi, Bukowski, moi j'ai allumé un cigare d'un beau geste souple, j'ai balancé l'allumette par terre et j'ai fixé le plafond avec l'air d'un type qui a des pensées profondes. C'était débile, j'avais un grand vide dans la cervelle. Tout ce que je voulais, c'était une demi bouteille de Jim Bean et cinq ou six litres de bière bien fraîche...

Ce putain de canard a marché, ou donné l'impression de, et on a trouvé un nouveau local du côté de Melrose. Ça me faisait toujours autant chier d'arriver là-bas avec mon papier parce que c'étaient tous des merdeux, tellement merdeux et snobinards et pas tout à fait clairs. Plus ça change, plus c'est pareil, la Bête Humaine ne fait pas beaucoup de progrès. J'avais déjà vu ces binettes lors de ma première visite au canard du L.A. City College, en 1939 ou 1940 : les mêmes petits cons pousse-toi-de-là-que-je-m'y-mette avec des chapeaux en papier et imbattables sur le poncif. Des gens tellement importants n'est-ce pas, et dénaturés au point de ne même plus s'apercevoir de votre présence. Le petit monde des journaux, c'est vraiment la queue de l'espèce ; les portiers qui vont ramasser des tampax dans les chiottes des femmes sont plus humains — sans se forcer.

Un œil aux zèbres du collège et j'étais sorti pour ne plus jamais revenir.

Et aujourd'hui, *Open Pussy*, vingt-huit ans plus tard.

Mon papier à la main. Cherry derrière son bureau. Cherry au téléphone. Très important. Pouvait pas me parler. Ou bien Cherry pas au téléphone. Griffonnant un bout de papier. Pouvait pas me parler. Toujours la même embrouille. Depuis trente ans, de l'eau avait coulé sous les ponts, mais on l'aurait pas dit. Et Joe Hyans qui cavale partout, s'affaire, monte et descend les escaliers. Joe avait un petit bureau à l'étage, très propriété privée bien sûr. Et un pauvre mec dans un réduit où Joe pouvait le voir préparer la copie pour le clavier IBM. Joe filait au pauvre mec trente-cinq dollars par semaine de soixante heures et le pauvre mec était content, ses yeux dégoulinaient d'amour, le pauvre mec s'était laissé pousser la barbe et besognait sur sa triste copie de série B. Les Beatles braillaient dans l'interphone, le téléphone sonnait en permanence, et Joe Hyans, chef de la publication, n'arrêtait pas de CAVALER D'UN ENDROIT-CLEF A UN AUTRE. Mais quand on lisait le canard la semaine d'après on se demandait pourquoi il avait tant couru. Ce n'était pas dedans.

Open Pussy a tenu le coup, un petit coup. Mes papiers restaient bons, mais c'est le canard qui était merdique. J'y reniflais une odeur de charogne...

Il y avait comité de rédaction chaque vendredi soir. Au début j'en ai séché pas mal. Et ensuite j'ai laissé tomber. Si le canard voulait vivre, qu'il vive, moi je gardais mes billes et je me contentais de glisser mon truc sous la porte dans une enveloppe.

Un jour Hyans m'a passé un coup de fil :

— J'ai eu une idée. Je veux que tu rassembles les meilleurs poètes et les meilleurs écrivains que tu connais. On va sortir un supplément littéraire.

Je lui ai rassemblé ses gars. Joe a sorti son supplément.

Et les flics l'ont épinglé pour « obscénité ».

Comme je suis un brave type, j'ai passé un coup de fil à Joe :

— Hyans ?
— Ouais.
— Du moment que tu as des emmerdes, je vais te filer mes papiers à l'œil. Mes dix dollars, tu peux les mettre dans la caisse de soutien à *Open Pussy*.
— Merci beaucoup.

Et voilà Joe qui ramasse le meilleur écrivain d'Amérique à l'œil...

Une nuit, j'ai reçu un coup de fil de Cherry.

— Pourquoi tu ne viens plus au comité de rédaction ? Tu nous manques terriblement.
— Qu'est-ce que tu racontes, Cherry, tu déconnes ou quoi ?
— Non, Hank, on t'aime tous beaucoup. Tu viens à la prochaine réunion ?
— Je vais réfléchir.
— C'est la mort sans toi.
— Et avec moi aussi.
— On a besoin de toi, le vieux.
— Je vais réfléchir, Cherry.

Je me suis donc pointé. Hyans en personne m'avait refilé le tuyau : c'était le premier anniversaire d'*Open Pussy* et le vin, le cul et la bonne vie couleraient à flots.

Arrivé avec le moral et pour voir des gens baiser partout sur les tapis, j'ai trouvé ces petites poupées d'amour la tête dans leur boulot. Ça m'a rappelé les petites vieilles, tristes et rabougries, à qui j'allais porter mes vieilles fringues, quand je me trimbalais dans des ascenseurs à ficelle vieux d'un siècle, pleins de rats et d'odeurs, et les vieilles, fières, froides et névrosées à crever, cousaient pour remplir les poches d'un type... à New York, Philadelphie ou Saint-Louis.

Et ces gens, à *Open Pussy*, travaillaient *à l'œil*, tandis que Joe Hyans, avec son air gras et presque brutal, allait et venait derrière eux, mains derrière le dos, en regardant *chacun* des volontaires accomplir correctement et exactement son devoir. Je me suis mis à hurler :

Hyans ! *Hyans, espèce de sale branleur, marchand d'esclaves, espèce de Simon Legree ! Tu gueules à l'injustice quand ça vient des flics et de l'Etat mais tu es le plus gros fumier de tous ! Tu vaux cent fois Hitler, négrier ! Tu baratines sur la répression et tu réprimes trois fois plus que les autres ! Tu te fous de la gueule de qui ici ? Tu te prends pour qui, hein ?*

Heureusement pour Hyans, ses collaborateurs connaissaient mon numéro et prenaient tout ce que je disais pour du délire, et Sa Majesté Hyans, c'était la Statue de la Vérité.

Sa Majesté Hyans est venue me coller une agrafeuse dans les pattes.

— Assieds-toi. On essaye d'augmenter le tirage et on expédie des invendus à des abonnés possibles...

Cher vieux Hyans Amant de la Liberté, qui se sert des trucs du gros business pour répandre sa merde. Le cerveau lavé jusqu'à la corde.

Il a fini par me reprendre l'agrafeuse.

— Tu n'agrafes pas assez vite...

— Je t'emmerde. Il devait y avoir du champagne partout et j'ai que des agrafes à bouffer.

— Hé, Eddie !

Joe a appelé un autre nègre, un nécessiteux aux joues creuses, aux bras comme des ficelles.

Le pauvre Eddie crevait la faim. Tout le monde crevait la faim pour la Cause. Sauf Hyans et sa femme, et ils vivaient dans une baraque de deux étages et envoyaient un de leurs gosses à l'école privée, et derrière il y avait Papa à Cleveland, un gros bonnet bourré de fric.

Hyans m'a viré ainsi qu'un pauvre type avec un béret à hélice sur le crâne, je crois qu'on l'appelait l'Adorable Doc Stanley, et la nana de l'Adorable Doc. On se tirait tranquillement par la porte du fond en se passant une bouteille de picrate quand on a entendu Hyans :

— Tirez-vous et ne remettez plus *jamais* les pieds ici ! Je ne parle pas pour *toi*, Bukowski.

Pauvre con, il savait bien ce qui faisait vendre son canard...

Les flics sont revenus faire chier, cette fois pour une photo de vagin. Hyans, ce jour-là et comme toujours, était partagé. Il voulait pousser le tirage par tous les moyens, ou sinon bousiller le journal et tout arrêter. Joe, c'était clair, ne savait pas y faire et jouait de plus en plus serré. Les seuls à manifester un semblant d'intérêt pour le canard étaient les gens qui bossaient pour rien ou pour trente-cinq dollars la semaine. Mais Joe ramait pour tirer son coup avec les deux petites bénévoles et il ne perdait pas complètement son temps.

— Quitte ton boulot à la noix et viens travailler avec nous ! me disait-il.

— Combien ?

— 45 dollars par semaine. Pour ta chronique, des tournées de boîtes aux lettres le mercredi soir en bagnole, essence payée, et des piges de temps en temps. De 11 heures à 19 h 30, libre vendredi et samedi.

— Je vais réfléchir.

Le vieux de Hyans a débarqué de Cleveland.

On s'est pintés ensemble chez Hyans. Hyans et Cherry avaient l'air mal à l'aise avec Pépé. Pépé avait un faible pour le whisky, pas pour les joints, et j'avais aussi un faible pour le whisky. On a picolé toute la nuit.

— Maintenant, disait Pépé, le meilleur moyen de te débarrasser du *Free Press,* c'est de les faire chier, de cogner leurs vendeurs dans la rue et de casser quelques gueules, comme on faisait dans le temps. J'ai de l'argent, de quoi payer quelques truands, des vraies terreurs. On pourrait se payer Bukowski.

— Merde ! criait Hyans, j'ai pas envie d'entendre tes *conneries,* compris ?

— Qu'est-ce que tu penses de mon idée, Bukowski ? m'a demandé le Pépé.

— Je pense que c'est une bonne idée. Envoyez la bouteille !

— Bukowski est cinglé, a dit Hyans.

— Tu publies ses papiers.

— C'est le meilleur écrivain de Californie.

Je l'ai corrigé :

— Le meilleur écrivain cinglé de Californie.

— Fils, continuait Pépé, je suis plein de fric et je veux aider ton canard. Ce qu'on va faire c'est faire chier les...

— Non non et non ! je ne marche pas ! a crié Joe, et il s'est tiré.

Quel type formidable, ce Joe Hyans ! Il s'est tiré. J'ai attrapé une bouteille et j'ai dit à Cherry que j'allais la baiser contre la bibliothèque. Pépé a dit qu'il s'inscrivait après moi. Cherry nous a insultés et pendant ce temps Joe Hyans cavalait dans les rues...

Le canard a continué, en arrivant à sortir un numéro par semaine... Puis vint le procès pour la photo du vagin.

Le substitut a demandé à Joe :

— Verriez-vous une objection à copuler oralement sur le perron de l'Hôtel de Ville ?

— Non, dit Joe, mais ça causerait sûrement un embouteillage.

Je me suis dit :

— Ah Joe, tu te plantes ! Tu aurais dû dire : « Je préfère copuler oralement à l'intérieur de l'Hôtel de Ville, comme ça se fait d'habitude. »

Quand le juge a demandé à l'avocat de Joe quel était le sens de cette photo de sexe féminin, l'avocat de Hyans a répondu :

— Eh bien, c'est comme ça, c'est comme ça, papa.

Joe a perdu son procès, comme il se doit, et il a fait appel.

— Une opération de police, a dit Joe aux rares journalistes présents, c'est une opération de police !

Quel type étincelant, Joe Hyans...

Je n'ai plus entendu parler de Joe jusqu'à ce coup de fil :

— Bukowski, je viens d'acheter un revolver. 112 dollars, une très belle arme. Je vais descendre un type.

— Où es-tu en ce moment ?

— Au bar en bas du canard.

— J'arrive.

Quand je suis arrivé, Joe faisait les cent pas devant la porte.

— Allez viens, dit-il, je te paye une bière.

On s'est installés. L'endroit était plein. Hyans parlait très fort, on l'entendait brailler jusqu'à Santa Monica.

— Je vais lui foutre le cerveau en bouillie, je vais le buter, ce fils de pute !

— Qui ça, fiston ? Et pourquoi buter ce mec, fiston ?

Joe a gardé le regard fixe droit devant lui.

— Cool, mec. Pourquoi tu veux buter ce fils de pute, hein ?
— Parce qu'il baise ma femme.
— Ah !

Le regard droit devant lui. On se serait cru au cinéma. En moins bon.

— C'est une belle arme, a dit Joe. Tu enclenches le petit chargeur et ça tire dix coups, et à répétition. Il ne restera pas un morceau de ce salaud !

Joe Hyans.

Un type formidable avec une grande barbe rousse.

Super, mec.

Finalement je lui ai demandé :

— Que deviennent tous tes articles anti-guerre ? Et le trip d'amour ? Explique-moi.

— Allez, Bukowski, ne me dis pas que tu crois à ce pacifisme à la con...

— Euh, je ne sais pas... non, je ne sais pas au juste.

— Je l'ai prévenu que je le tuerai s'il ne laissait pas tomber et je rentre chez moi et je le vois assis sur le divan dans ma propre baraque ! Qu'est-ce que tu ferais, toi ?

— Tu ne vois pas que tu en fais une affaire de propriété privée ? Merde, oublie un peu tout ça, va voir ailleurs et laisse-les se débrouiller chez toi !

— C'est comme ça que tu fais ?

— Depuis que j'ai trente ans, toujours, et après quarante ans ça devient facile. Mais à vingt ans ça me rendait dingue. Les premières brûlures sont les plus cuisantes.

— Bon Dieu, je vais le buter, ce fils de pute ! Je vais lui écrabouiller la cervelle !

Tout le bar était à l'écoute. Love, baby, love.

J'ai dit à Joe :

— Tirons-nous !

Une fois dehors Hyans est tombé sur les genoux et il s'est mis à bramer, un long brame à faire cailler les yaourts, qui s'entendait jusqu'à Detroit. J'ai relevé Joe et je l'ai traîné jusqu'à la bagnole. En touchant la portière il s'est agrippé à la poignée, il est retombé sur les genoux et il a refait le brame du grand mâle jusqu'à Detroit. Il était accroché à Cherry, le pauvre vieux. Je l'ai remis debout, installé sur son siège, je suis monté de mon côté et j'ai démarré plein nord vers Sunset Bd. J'ai pris vers l'est le long de Sunset et au feu rouge de Vermont, Joe a recommencé. J'ai allumé un cigare. Les autres bagnoles regardaient cette barbe rousse qui pleurait.

Je me suis dit :

— Il en a pour un moment, il va falloir que je l'assomme.

Le feu est passé au vert et Joe s'est arrêté. J'ai démarré. Joe sanglotait sur son siège et je ne savais pas quoi dire. Il n'y avait rien à dire.

J'ai eu une idée : l'emmener voir Mongo le Géant des Hauteurs Sacrées. Mongo sait plein de conneries ; il pourra peut-être en raconter à Hyans. Moi, ça faisait quatre ans que je n'avais pas vécu avec une fille, et j'étais trop loin de ça pour me rappeler.

La prochaine fois qu'il braille, je l'assomme, je ne pourrais pas me maîtriser.

— Hé, où on va ?
— Chez Mongo.
— Non, pas Mongo ! Je déteste ce mec, il va me chambrer, il est méchant !

C'était vrai. Mongo avait la tête solide mais il était méchant. Il aurait mieux valu ne pas y aller, mais j'étais incapable de m'occuper de Joe. On a roulé un moment.

— Ecoute, a dit Hyans, je connais une fille dans le coin. Deuxième rue vers le nord, tu m'arrêtes là. C'est une fille qui me comprend.

J'ai pris vers le nord et j'ai dit à Joe :

— Ne descends pas le type.

— Pourquoi ?

— Parce que tu es le seul qui publie mes papiers.

J'ai posé Hyans devant chez la fille, j'ai attendu jusqu'à ce que la porte s'ouvre puis je suis reparti. Un beau cul ferait du bien à Hyans. J'en avais besoin moi aussi...

Je n'ai plus entendu parler de Hyans jusqu'à son déménagement.

— Ça devenait insupportable. Tiens, l'autre nuit je prends une douche, je me prépare à baiser, j'avais envie de lui gicler de la vie dans les os et tu sais quoi ?

— Quoi ?

— Quand je me suis approché d'elle, elle est partie en courant, la salope !

— Ecoute, Hyans, je connais la musique ; je ne dirai rien de mal sur Cherry parce que le prochain coup tu te seras remis avec elle et alors tu te rappelleras toutes les saloperies que j'aurai dites.

— Je ne retournerai pas là-bas.

— Mouais.

— J'ai décidé que je ne flinguerai pas le salopard.

— Bonne idée.

— Je vais le défier à la boxe. Un vrai match, avec arbitre, ring, gants et tout.

— Parfait.

Deux taureaux se battent pour la vache, et la vache est un sac d'os. Mais en Amérique le perdant gagne souvent la vache. L'instinct maternel ? Question de cash ? De longueur de queue ? Dieu seul le sait...

Pendant son délire, Joe avait engagé un type avec cravate et pipe pour faire sortir le journal. Mais c'était clair qu'*Open Pussy* tirait ses derniers coups. Et tout le monde s'en foutait, sauf les gens à vingt-cinq ou trente dollars et les bénévoles qui s'amusaient bien. Au journal ce n'était pas génial mais pas si mal non plus, et puis n'oubliez pas ma chère chronique.

Pipe et cravate sortait le journal, qui n'avait pas changé. Et j'entendais sans arrêt :

— Joe et Cherry se remettent ensemble, Joe et Cherry se séparent, Joe et Cherry...

Un mercredi soir enfin, bleu et frisquet, je suis allé au kiosque acheter *Open Pussy*. J'avais écrit une de mes meilleures chroniques et je voulais voir s'ils avaient eu le culot de la passer. Le kiosque affichait le numéro de la semaine précédente. J'ai senti dans le soir bleu noir que la fête était finie. J'ai acheté deux cartons de bière et je suis rentré chez moi sabler le requiem. A force d'attendre la fin, je ne m'y attendais plus du tout quand c'est arrivé. J'ai arraché l'affiche du mur et je l'ai jetée dans les chiottes : *OPEN PUSSY,* L'HEBDOMADAIRE DE LA RENAISSANCE DE LOS ANGELES.

Le gouvernement n'aurait plus besoin de s'en faire, j'étais redevenu un citoyen modèle.

Vingt mille de tirage. Sans les scènes de ménage et les opérations de police, on aurait pu monter à soixante mille et le journal aurait marché. Il n'a pas marché.

J'ai téléphoné au local le lendemain. La fille au bout du fil était en larmes.

— On a essayé de te joindre cette nuit, Bukowski, mais personne ne sait où tu habites. C'est affreux. Le téléphone n'arrête pas de sonner et je suis toute seule ici. On se réunit mardi soir pour voir si on peut sortir un numéro. Mais Hyans a tout embarqué, la copie, le fichier, et les machines IBM, qui ne sont pas à lui. On est lessivés, il ne reste rien...

Tu as une jolie voix, cocotte, une jolie voix toute triste, j'aimerai bien te baiser.

— ... On pense lancer un journal hippie. L'underground est mort. S'il te plaît, passe chez Lonny mardi soir.

— J'essayerai, dis-je en sachant que je n'irais pas.

Voilà, presque deux ans, et c'était fini. Les flics avaient gagné, la ville avait gagné, le pouvoir avait gagné. La pudeur inondait de nouveau les rues. Les flics allaient peut-être arrêter de me coller un P.V. à chaque fois qu'ils verraient ma bagnole. Cleaver n'enverrait plus ses petits mots depuis sa cachette. On pourrait acheter le *L.A. Times* partout. Notre Père qui êtes aux Cieux, la Vie est Dure.

J'ai donné mon adresse et mon téléphone à la fille, avec l'idée qu'on se reverrait au printemps (Harriet, tu n'es jamais venue).

C'est Barney Palmer, le type des éditos politiques, qui s'est pointé. Je l'ai fait entrer et j'ai amené la bière.

— Hyans s'est enfoncé le revolver dans la bouche et il a appuyé sur la gâchette.

— Et alors ?

— Le coup a foiré, et Joe a vendu le revolver.

— Il aurait pu essayer une deuxième fois.

— Il faut déjà pas mal de tripes pour essayer une fois.

— Tu as raison, excuse-moi, j'ai la gueule de bois.

— Tu veux savoir ce qui s'est passé ?

— Oui, je suis dans le coup, moi aussi.

— Eh bien, c'était mardi soir, on s'activait pour boucler le numéro, on avait ton papier et Dieu merci ça faisait du texte parce qu'on était à court de copie. On croyait qu'on ne remplirait pas les pages. Hyans s'est montré, l'œil vitreux, imbibé de pinard. Lui et Cherry s'étaient séparés encore une fois.

— Ugh.

— Ouais. Bref, on ne s'en sortait pas. Et Hyans qui restait là à glander. Finalement il est monté s'allonger sur le divan et il s'est écroulé. La minute où il est parti, le numéro a commencé à se faire. Quand on a bouclé, il restait trois quarts d'heure pour tout donner à l'imprimeur. J'ai proposé d'aller à l'imprimerie, devine la suite...

— Hyans s'est réveillé.

— D'où tu sais ça ?

— Tu me connais pas.

— Bon, Hyans insiste pour porter la copie lui-même, il embarque le truc dans sa voiture et il n'est jamais arrivé à l'imprimerie. Le lendemain on a trouvé un mot de Hyans et le local nettoyé — machine IBM, fichier, tout...

— On m'a raconté. Mais on peut voir la chose comme ça : Hyans a démarré le putain de truc, il a le droit de l'arrêter.

— Mais les IBM, elles ne sont pas à lui, il va se foutre dans la merde.

— Hyans connaît bien la merde. Il y va droit. Tu devrais l'entendre brailler quand ça lui prend la tête !

— Et les petits, Buk, les types à vingt cinq dollars la semaine qui ont marné pour que le journal se fasse ? Les types avec leurs semelles en carton, les types qui dormaient par terre ?

— Les petits l'ont toujours dans le cul, Palmer, l'Histoire le prouve.

— Tu parles comme Mongo.

— Mongo a souvent raison, même si c'est un fils de pute.

On a causé un moment puis Barney est parti.

Un gros caniche noir est venu me trouver au boulot ce soir-là :

— Hé mec, on m'a dit que ton canard a coulé !

— C'est vrai, mec, d'où tu sors ça ?

— *L.A. Times,* première page des faits divers. Ils doivent être contents.

— Je crois qu'ils sont contents.

— On aimait bien ton canard, mec, et tes articles. Un sacré bon truc.

A la pause dîner (22 h 24) je suis sorti acheter le *L.A. Times.* J'ai été au bar d'en face, j'ai commandé un bock de bière à un dollar, allumé un cigare et je me suis dirigé vers une table sous la lumière :

OPEN PUSSY MET LA CLEF SOUS LA PORTE

Open Pussy, *le second journal underground de Los Angeles, a cessé de paraître, ont annoncé mardi ses rédacteurs. Le journal allait fêter dans dix semaines son deuxième anniversaire. «De lourdes dettes, des problèmes de diffusion et une amende de 1 000 dollars pour obscénité en octobre dernier nous empêchent de poursuivre la parution de l'hebdomadaire »*, a déclaré Mike Engel, le rédacteur en chef. *Mike Engel a estimé à 20 000 exemplaires le tirage* d'Open Pussy.

Engel et les autres rédacteurs d'Open Pussy *ont ajouté qu'à leur avis le journal aurait pu continuer, et que son sabordage avait été décidé par Joe Hyans, 35 ans, le directeur de la publication.*

En arrivant mercredi matin à leurs bureaux, 4 369 Melrose Av., les collaborateurs du journal ont découvert une note de Joe Hyans qui disait notamment:

« Le journal a déjà atteint ses objectifs artistiques, mais politiquement il n'a jamais eu beaucoup d'influence. Le contenu des derniers numéros ne présente aucun progrès par rapport à l'année dernière.

« En tant qu'artiste, je dois me retirer d'un projet qui tourne en rond, même si ce projet est mon projet et s'il rapporte du blé (de l'argent). »

J'ai fini mon bock et je suis retourné à mon boulot de fonctionnaire...

Quelques jours plus tard il y avait ce mot dans ma boîte aux lettres :

Lundi, 22 h

Hank.

J'ai trouvé ce matin dans ma boîte aux lettres un mot de Cherry Hyans (j'étais absent dimanche et dimanche soir). Elle dit qu'elle a pris les gosses et elle est malade et se sent pas bien, au... Douglas Street. Je n'arrive pas à trouver la rue sur ce putain de plan mais je voulais te parler de ce mot.

Barney.

Deux jours plus tard, sonnerie du téléphone. Ce n'était pas une fille avec le feu au cul. C'était Barney.
— Hé, Joe Hyans est en ville !
— Toi et moi aussi.
— Joe s'est remis avec Cherry.
— Ouais ?
— Ils déménagent à San Francisco.
— Ils devraient.
— Le canard hippie est tombé à la trappe.
— Ouais. Désolé d'avoir manqué la réunion. Cuite.
— Bon, écoute, j'ai une pige à écrire mais dès que c'est fini j'aimerais qu'on se voie.
— Pour quoi faire ?
— J'ai un type prêt à banquer 50 000 dollars.
— 50 000 ?
— Ouais. Pas d'arnaque, le type a envie de lancer un canard.
— On se perd pas de vue, Barney. Je t'aime bien. Tu te rappelles quand on s'est mis à picoler dans ma piaule à quatre heures de l'après-midi, on a parlé toute la nuit et on s'est pas arrêtés avant onze heures ?
— Ouais, sacrée nuit. Pour un vieux, tu te défends.
— Ouais.
— Bon, dès que j'ai fini ce que j'ai à gratter, je t'appelle.
— Ouais Barney, on s'appelle.

— On fait comme ça. D'ici là, accroche-toi.
— Ça ira.
Je suis allé aux chiottes et j'ai lâché une belle merde biéreuse. Puis je suis allé au lit, branlette, et dodo.

LE JOUR OÙ NOUS AVONS PARLÉ DE JAMES THURBER

La chance était en baisse et le talent s'était barré. Dans *Point Contrepoint,* je crois, Huxley ou l'un de ses personnages dit : « N'importe qui peut être un génie à vingt-cinq ans. A cinquante ans, ça demande plus d'efforts. » Et moi, j'en étais à quarante-neuf, plus quelques mois. Mes tableaux croupissaient dans les galeries. On avait publié une anthologie de mes poèmes : *Le paradis est la plus grande des vulves,* qui m'avait bien rapporté une centaine de dollars, quatre mois plus tôt. Le bouquin était vite devenu un objet de collection, côté vingt dollars pièce à la bourse des raretés, et je n'avais même plus mon exemplaire personnel : un copain l'avait embarqué un jour de cuite. Ça, un copain ?

J'avais laissé passer ma chance. Moi qui avais rencontré Genêt, Miller, Picasso et *tutti quanti,* j'étais incapable de me faire embaucher comme plongeur. J'avais bien essayé, mais avec ma bouteille j'avais fait long feu. La patronne, une grosse mémé, avait gueulé :

— Ce type ne sait même pas faire la vaisselle !

Elle m'avait montré comment utiliser l'évier à double bac — d'abord le bac à acide ou je ne sais quoi, et ensuite, seulement, l'autre rempli d'eau savonneuse —, mais dès le premier soir ils m'avaient viré. J'avais tout de même eu le temps d'engloutir deux litres de vin et la moitié d'un cuissot d'agneau qui traînait dans un coin.

C'était épouvantable, bien sûr, de finir comme un raté. Mais le plus dur c'était qu'à San Francisco une gamine de cinq ans, ma fille, que j'aimais plus que tout au monde, avait besoin de moi, de souliers, de robes, de petits plats, d'amour, de lettres, de jouets, et d'une petite visite de temps en temps.

J'avais échoué chez un illustre poète français qui, à l'époque, habitait Venice, en Californie. Un véritable hétéro qui baisait les hommes comme les femmes, et vice versa. Il avait des manières agréables, une conversation brillante et pleine d'humour. Il portait une petite perruque qui ne tenait pas en place, ce qui l'obligeait à la recaler sans arrêt. Il parlait sept langues, chacune avec un naturel parfait, mais, entre nous, on en restait à l'anglais.

— Ne t'en fais pas, Bukowski, répétait-il avec son bon sourire, je te tirerai de là !

Et surtout, il avait une queue de trente centimètres de long. Dès son arrivée à Venice, plusieurs journaux underground avaient publié ses poèmes, assortis de grands coups d'encensoirs (j'avais d'ailleurs écrit un des papiers). Un canard n'avait pas hésité à sortir une photo de l'illustre poète français à poil. Il ne dépassait pas le mètre soixante, et ses cheveux lui couvraient le ventre et les bras. Ce paquet de poils cascadait jusqu'aux couilles, bestial, touffu et odorant. Et en plein milieu de la photo, pendait la chose, gonflée, monstrueuse : ce corps modèle réduit était nanti d'une queue de taureau.

Frenchy était bien l'un des grands poètes de ce siècle. Son activité consistait à s'asseoir n'importe où et à gratter ses petits poèmes merdiques, et deux ou trois mécènes lui envoyaient de l'argent. Qui aurait refusé ? A queue immortelle, poèmes immortels. Il connaissait Corso, Burroughs, Ginsberg, toute cette bande d'écumeurs d'hôtels qui vivaient les uns sur les autres, avec défonce et baise en commun, et s'isolaient pour écrire. Il avait même croisé Miro et Hem dans la rue. Miro portait les gants de boxe de Hem et ils se dirigeaient vers ce ring fameux qui excitait Hemingway. C'était *évident* qu'ils se connaissaient et qu'ils avaient pris le temps d'échanger quelques réparties subtiles.

L'illustre Français avait aussi vu Burroughs se traîner par terre complètement beurré chez B.

— Il me fait penser à toi, Bukowski. Il ne sait pas s'arrêter : il boit à rouler sous la table, les yeux vitreux. Ce soir-là il rampait sur le tapis, incapable de se relever, et quand il m'a vu il a dit : « Les salauds ! Ils m'ont fait boire ! Et j'ai signé, j'ai signé ce contrat ! J'ai vendu les droits du *Festin nu* au cinéma pour cinq cents dollars. Merde, ce qui est fait est fait ! »

Il avait du pot Burroughs, de signer un contrat et de toucher cinq cents dollars. Moi, je m'étais finement beurré pour une avance de cinquante dollars, et il me restait dix-huit mois à en baver. C'est comme Nelson Algren : *L'homme au bras d'or* a rapporté des milliards, et lui n'a vu que des clopinettes. Les autres l'avaient saoulé, et Nelson n'avait pas réussi à lire les pattes de mouche du contrat.

Pour l'adaptation à l'écran des *Mémoires d'un vieux dégueulasse,* je me suis laissé embobiner sérieux. J'avais bu, et les types ont débarqué avec un petit cul de dix-huit ans en mini remontée jusqu'au nombril, bas nylon et talons aiguilles. Et moi qui n'avais pas tiré mon coup depuis deux ans. J'aurais vendu mon âme, et j'aurais probablement pu tirer un sacré coup. Je n'en ai même pas eu l'occasion.

J'arrivais donc à cinquante ans, crevé, fini, abandonné par la chance et par le talent, juste en dessous des grouillots, des portiers de nuit et des laveurs de vaisselle. L'illustre poète français, lui, n'arrêtait pas : jeunes mecs et petites nanas défilaient à sa porte, en rangs serrés. Son appartement reluisait. Les chiottes, apparemment, n'avaient jamais servi. Le carrelage, briqué comme un miroir, était semé de petites carpettes bouffantes, de canapés flambants neufs et de bons fauteuils. Le frigidaire brillait comme une dent gigantesque qu'on aurait récurée jusqu'à la gencive. Rien n'avait échappé au coup de chiffon du nirvana, et dans cet abri on oubliait le monde et les angoisses. Aucun visiteur qui ne connût le mot juste, le geste convenable, bref l'étiquette : hommes, femmes et enfants se tronchaient, se suçaient et se fourraient le doigt dans le cul avec tact, dans un calme feutré.

On y rencontrait, pour ne pas les nommer, le gros C., le gros H., Hash, Mary...

Tous s'adonnaient à leur Art avec de bons sourires. On attendait tranquillement son tour, on baisait puis on s'en allait, jusqu'à la prochaine.

On ne manquait jamais ni de whisky, ni de bière, ni de vin et, pour les lourdauds comme moi, cigares et autres conneries rétros.

L'illustre poète français ne débandait jamais. Tôt levé, il s'échauffait avec une heure de yoga. Puis il se plantait devant la glace pour s'admirer en pied, essuyait trois perles de sueur et commençait à tripoter son énorme queue et sa paire de couilles. Il les soulevait avec précautions, pour mieux les flatter, et il relâchait le paquet. PLOC.

Il m'arrivait alors de traverser la pièce vers la salle de bains, où j'allais vomir... Quand je ressortais :

— Dis donc, Bukowski, tu n'as pas sali par terre, au moins ?

J'aurais pu crever, il s'intéressait d'abord à son carrelage.

— Non, André. J'ai tout envoyé dans le trou adéquat.

— Bravo, fiston !

Il avait tout à fait conscience que j'étais malade comme un chien, mais, et rien que pour la frime, il allait faire le poirier dans un coin de la pièce, les jambes croisées dans ses ignobles bermudas, et il me regardait un moment, la tête en bas, avant de lâcher :

— Bukowski, surveille-toi du côté de la bouteille et passe un costard ; je te garantis que tu feras se pâmer toutes les filles qui viennent ici.

— Je n'en doute pas.

Une galipette le remettait debout :

— C'est l'heure du petit déjeuner, non ?

— Ecoute, André, il y a trente-deux ans que je me passe de petit déjeuner.

A ce moment, on frappait à la porte, un

petit choc délicat, on aurait dit un colibri à l'agonie tapant de l'aile pour avoir une goutte d'eau.

La plupart du temps, c'était une bande de deux ou trois jeunes mecs, avec des barbes jaunes et rêches comme des bottes de paille, grotesques.

Surtout des hommes, oui, et de temps en temps, une petite mignonne. Dans ces cas-là, j'avais horreur de me tirer. Mais que faire contre une queue de trente centimètres doublée d'une éternité de gloire ? Non, je connaissais mon rôle, et je m'y tenais.

— Bon, André, toujours cette migraine... Je vais faire un tour sur la plage.

— Charles, voyons, ne te crois surtout pas obligé !

Sur le seuil, je jetais un dernier coup d'œil. La fille avait déjà ouvert la braguette du bermuda. Quand le bermuda n'avait pas de braguette elle l'avait baissé jusqu'aux mollets et tripotait les trente centimètres en surveillant le résultat. De son côté, André troussait la jupe et ses doigts voltigeurs furetaient déjà entre les cuisses. J'apercevais des dessous d'un rose éclatant. Une vraie chasse au trésor. Quant au doigt, il finissait toujours par arriver quelque part : un cul ou un con tragique *apparemment* tout neuf, ou alors, il allait et venait d'un air compétent dans cette masse rose et propre et préparait ce trou qui n'avait pas servi depuis une bonne demi-journée.

Donc, j'atterrissais sur la plage. L'heure matinale m'épargnait le triste spectacle des foules empilées, des montagnes de viande qui jacassent comme une tribu de grenouilles. Je n'avais pas à défiler devant ces carcasses répugnantes, ces pauvres vies bradées comme des vieux clous — défilé de regards morts, de bouches mortes, tous des moignons, et ils ne le savaient même pas — qui polluaient tout comme de la graisse sur du papier blanc.

J'aimais bien me promener de bonne heure, surtout en semaine. Alors j'étais un Dieu, même pour ces ignobles mouettes — aux alentours du vendredi, à mesure que s'épuisaient les détritus du dimanche, leur source de Vie, les mouettes devenaient franchement intolérables. Elles ne pouvaient pas savoir que, tous les samedis, les masses étaient de retour avec leurs beignets et leurs casse-croûtes. Bref, je voyais les mouettes encore plus mal barrées que moi. Je me trompais peut-être, au fond.

On a proposé à André une tournée de conférences à Chicago, New York et San Francisco, et je me suis retrouvé tout seul dans l'appartement. Du coup, j'ai profité de la machine à écrire, sans arriver à rien de bon. Bizarre. Avec André, ça marchait à chaque fois. Lui était un grand écrivain, moi pas. On se ressemblait pourtant, à première vue. Mais André savait l'art d'enfiler les mots, tandis que moi je croupissais des heures sur ma chaise, vissé devant une feuille blanche qui se payait ma tronche. Je sais, chacun porte sa croix ici-bas, mais j'avais trois longueurs d'avance sur tout le monde.

Résultat : j'attendais la mort en picolant de plus belle. Deux jours après le départ d'André, vers les dix heures et demie, on a frappé à la porte. J'ai crié : « Un moment ! » et j'ai couru à la salle de bains, pour vomir et me rincer la bouche. Les grandes eaux. J'ai enfilé l'un des kimonos d'André et j'ai ouvert.

C'était un jeune type avec une fille. Une de celles qui se trimbalent en mini et talons aiguilles, avec des bas nylon qui prennent bien le cul. L'autre était un gamin efflanqué, genre minet de grand couturier dans son tee-shirt blanc. Il ouvrait la bouche et écartait les bras comme s'il se préparait à décoller.

La fille a demandé :

— André ?

— Non, Charles Bukowski. On m'appelle Hank.

— André, c'est une blague !

— Ouais. Toute ma vie est une blague.

Dehors tombait une petite pluie. Ils attendaient.

— Allez, entrez, vous allez vous tremper.

— Je te *reconnais,* André ! dit la mignonne. C'est bien tes rides. Dis donc, tu as au moins deux cents ans !

— Ça va, ça va. Oui, c'est moi André. Venez.

Ils apportaient deux bouteilles de vin. Je suis allé chercher le tire-bouchon et les verres à la cuisine, et j'ai servi la tournée. J'étais debout le verre à la main, lorgnant un maximum la paire de jambes, quand le gamin s'est précipité, a ouvert ma braguette et s'est mis à me sucer la queue, dans un grand bruit de gosier. Je lui ai caressé les cheveux et j'ai demandé son nom à la fille.

— Wendy. Tu sais, André, pour moi tu as toujours été un écrivain formidable. A mon avis, l'un des plus grands poètes vivants.

Le gosse continuait sa besogne, il suçait, pompait, sa tête allait et venait comme un drôle d'automate.

— L'un des plus grands poètes... Tiens tiens ! et qui sont les autres ?

— Il n'y en a qu'un, dit Wendy. Ezra Pound.

— Ezra m'a toujours rasé.
— C'est vrai ?
— Tout ce qu'il y a de plus vrai. Ce mec n'est qu'un polar. Super sérieux, super chiadé En fait, un honnête tâcheron.
— Et pourquoi signes-tu simplement « André » ?
— Parce que ça me plaît.

Le type y allait vraiment de bon cœur. Je lui ai pris la tête pour le serrer contre moi, et j'ai tout lâché.

J'ai refermé ma braguette et j'ai resservi une tournée.

Je n'ai aucune idée du temps qu'on a passé ensuite, à boire et à faire salon. Wendy avait des jambes superbes et des chevilles très fines qui gigotaient comme si elle avait le feu au derrière. Ces deux-là connaissaient la littérature sur le bout des doigts. On a parlé du *Winsburg* de Sherwood Anderson, de Dos Passos, Camus, et des familles célèbres, les Brontë, les Dickey, les Crane. De Balzac aussi, et même de James Thurber.

On a vidé les bouteilles et j'ai retrouvé dans le frigo de quoi nous occuper un moment. Ensuite, je ne sais plus. Je crois bien que, saisi de folie, j'ai déchiré la jupe de Wendy — si on peut appeler ça une jupe. Je suis tombé sur un minuscule petit slip. J'ai retroussé la jupe et le soutien-gorge. De la loche ! Je voulais de la loche ! Eh bien j'en ai eu, et quelle loche ! Je lui ai léché le bouton, je l'ai tétée et j'ai tordu cette loche dans ma main, jusqu'à faire hurler Wendy, et là j'ai fourré ma langue dans sa bouche pour boire ses cris.

Je l'ai déshabillée. Ah, ses jambes ! Ses cuisses de nylon ! Je l'ai sortie de son fauteuil, j'ai arraché le slip. Puis j'ai mis le paquet.

— André, oh André !

Par-dessus son épaule, j'apercevais le type qui se branlait dans son fauteuil.

Je l'ai prise debout, et nous avons fait un sacré bout de chemin dans le living d'André. C'est moi qui conduisais, on se cognait aux chaises, on a cassé les lampes. Je la tenais allongée sur la table de bridge quand j'ai senti les pieds craquer. J'ai réussi à me remettre debout avant que la table ne s'aplatisse comme une galette.

— Oh, André !

Elle s'est mise à trembler des pieds aux cheveux, comme un agneau qu'on égorge sur l'autel. Elle ne tenait plus debout, elle perdait la tête. Je me suis contenté de lui laisser mon outil dans le ventre et je l'ai maintenue comme ça, comme un poisson qu'on vient d'harponner. En un demi-siècle, j'avais eu le temps d'apprendre des trucs. Elle planait complètement. Ensuite je me suis renversé en arrière et je l'ai baisée comme un malade. Je voyais sa tête ballotter comme celle d'un pantin, je voyais son cul. Elle a joui une fois de plus, juste avant moi. Là, j'ai bien cru mourir. Elle aussi, je crois.

Pour baiser debout, il faut deux sexes bien adaptés l'un à l'autre. Je me souviens à ce propos d'un moment assez pénible. C'était dans un hôtel à Detroit, j'essayais debout et ça ne marchait pas fort. Le problème, c'est que la fille avait décollé du plancher pour nouer ses cuisses autour de moi. J'ai voulu arrêter ce cirque. Ça tirait : je ne la retenais que par la queue, et en serrant les mains sous son cul.

Et elle qui répétait :

— Ah, tes jambes ! Je les aime ! Ah, tellement fortes, tellement belles !

C'était d'ailleurs très juste : j'ai un corps lamentable, une tête pas possible. Mais on m'a vissé sur deux jambes d'éléphant. Sans blague. Pourtant, dans cet hôtel de Detroit, ça a failli mal tourner. Parce que, pour remuer la queue dans cette position, il faut réussir un mouvement très spécial. Quand on supporte deux corps à la fois, tout mouvement doit passer par la colonne vertébrale. Périlleux équilibre. On a fini par jouir et je l'ai laissée retomber n'importe où. Je l'ai jetée.

Chez André, par contre, Wendy gardait les pieds au sol, ce qui permettait de l'invention : rotation, harponnage, plus lent, plus vite, variations...

Tout a une fin. Avec mon pantalon qui se prenait dans les chaussures, la position n'était pas idéale. Je me suis retiré. Je n'ai pas vu où Wendy a atterri, je n'en ai pas eu le temps : juste comme je me baissais pour remonter mes fringues, le type, le gamin, est venu m'enfoncer son doigt dans le cul, le majeur droit, bien raide et bien profond. J'ai gueulé, je me suis retourné et je lui ai balancé mon poing sur les lèvres. Le gamin a valsé.

J'ai donc remis mon pantalon, mon caleçon, et je suis revenu m'asseoir, devant le vin et les bières, l'œil mauvais, sans un mot. Les deux autres se sont décidés à partir.

— Bonne nuit, André, a dit le type.
— Bonne nuit, André, a dit la fille.
— Attention dans les escaliers ! La pluie les rend glissants.
— Merci, André, a dit le type.
— Ne t'en fais pas, André, a dit la fille.
— Love !
— Love ! ont-ils dit d'une seule voix.

J'ai refermé la porte. Diable ! La profession

d'illustre poète français présentait des avantages indéniables.

A la cuisine, j'ai déniché un bon cru français, des anchois et des olives farcies. J'ai apporté le tout dans le living et je l'ai posé sur la table de bridge désormais bancale.

Je me suis servi un grand verre. Je me suis arrêté devant la fenêtre, qui dominait l'océan et l'univers tout entier. Sympa, l'océan : lui continuait là où je venais de craquer. J'ai vidé mon verre, puis un second, j'ai grignoté trois bricoles. Je me suis senti lessivé. Je me suis déshabillé avant de m'allonger au milieu du lit d'André. Et là, les yeux pleins de soleil, les oreilles pleines de vagues, j'ai pété.

— Merci, André. Après tout, tu es un bon zigue.

Il me restait encore un peu de talent.

LA POLITIQUE EST L'ART D'ENCULER LES MOUCHES

Mon cher Bukowski :
Pourquoi n'écrivez-vous jamais sur la politique ou les grandes affaires internationales ?
M.K.

Cher M. K.,
Et pourquoi, hein ? Quoi de neuf ? Tout le monde sait que les carottes sont cuites.

Notre fou à lier s'assied tranquillement pendant qu'on regarde les poils d'un tapis et qu'on se demande comment la merde a commencé, le jour où ils ont fait sauter le trolley rempli d'imbéciles, avec ses posters de Popeye collés sur la carrosserie.

Voilà ce qui compte : le rêve s'est envolé, et quand le rêve s'en va, tout se débine. Le reste : des jeux à la con pour les généraux et les trafiquants. A propos, j'apprends qu'un nouveau bombardier farci de bombes H est tombé du ciel, en mer, CETTE fois, du côté de l'Islande. Les troufions ne font pas gaffe à leurs oiseaux de papier PREVUS pour me protéger. Le Département d'Etat dit que les bombes sont «désarmées», ça veut dire quoi ? Je lis qu'une des bombes (perdues) s'est ouverte et qu'elle a répandu sa merde radioactive dans tous les coins, alors qu'elle est PREVUE pour me protéger, ALORS que je n'ai pas demandé qu'on me protège. La différence entre une démocratie et une dictature, c'est qu'en démocratie tu votes avant d'obéir aux ordres. Dans une dictature, tu ne perds pas ton temps à voter.

Revenons à la pluie de bombes H — la même chose est déjà arrivée au large de l'Espagne (nous sommes partout, pour me protéger). Encore perdues, les jolies petites bombes. Si ma mémoire est bonne, il leur a fallu trois mois pour repêcher la dernière. Pour nous, ça a duré trois semaines, mais pas loin de trois ans pour les habitants du petit port. La dernière bombe, la petite salope, s'était planquée bien profond sur la crête d'une dune sous-marine. Chaque fois qu'ils essayaient de la ferrer, tout doucement, elle se laissait rouler sur le flanc de la dune. Au même moment, dans le petit port, les braves gens s'agitaient dans leur lit en se demandant s'ils allaient cramer, avec les compliments de la bannière étoilée. Bien sûr, le Département d'Etat a publié un communiqué précisant qu'il n'y avait pas de fusible dans le détonateur, mais déjà les riches s'étaient tirés et les marins américains et les habitants avaient l'air nerveux. (Après tout, si ces machins ne peuvent pas exploser, pourquoi les balader dans le ciel ? Ils pourraient aussi bien transporter des salamis de deux tonnes. Fusible signifie « étincelle » ou « gâchette », et l'étincelle peut venir de partout ; « gâchette » signifie « choc » ou tout ce qui peut déclencher une mise à feu. Aujourd'hui la terminologie militaire dit « désarmée », ce qui sonne plus sûr mais n'arrange rien.) Ils ont fini par accrocher la bombe mais, à ce qu'on raconte, la chose avait l'air têtue. Puis, après quelques tempêtes sous-marines, notre charmante petite a roulé de plus en plus bas sur le flanc de sa colline. La mer est très profonde, beaucoup plus profonde qu'une tête de politicien.

On a fini par mettre au point un équipement spécial pour agripper le cul de la bombe et on l'a tirée de l'eau. Palomares. Oui, ça se passait à Palomares, et vous connaissez la suite ?

La marine américaine a organisé un concert public dans le square de la ville pour célébrer la remontée de la bombe — que d'efforts pour un bidule si inoffensif ! Oui, les marins ont joué et les Espagnols écoutaient et ils ont tous joui en même temps, un grand soulagement sexuel et spirituel. Ce qu'est devenue la bombe, je n'en sais rien et personne (sauf l'élite) ne le sait, mais l'orchestre ne mollissait pas. Au même moment, 1 000 tonnes de croûte terrestre espagnole et radioactive étaient expédiées à Aiken (Caroline du Sud) dans des containers scellés. Je parie qu'on trouve des loyers pas chers à Aiken.

Et aujourd'hui nos bombes font la planche et le plongeon, gelées et « désarmées » du côté de l'Islande.

Alors que faire quand vous avez branché les gens sur ce genre de conneries ? Facile, vous les branchez sur autre chose. Les gens ne pensent qu'à une chose à la fois. Par exemple, les titres du 23 janvier 1968 : UN B 52 REMPLI DE

BOMBES H S'ECRASE AU LARGE DU GROENLAND. LES DANOIS SONT FURIEUX. Les Danois sont furieux ? Putain de ma mère !

De toute façon, sans prévenir, le 24 janvier : LES NORD-COREENS ARRAISONNENT UN NAVIRE U.S.

Hé les gars, le patriotisme est de retour ! Pourquoi, bande de débiles ? Je croyais que CETTE guerre-là était terminée ! Ha, ha, je vois — les ROUGES ! Les fantoches coréens !

Sous la photo d'Associated Press on peut lire un truc du genre : « Le navire-espion U.S. *Pueblo,* autrefois cargo militaire, transformé depuis en navire-espion camouflé, équipé d'une antenne télescopique et d'appareils océanographiques, a été emmené au port de Wonsan sur la côte nord-coréenne. »

Putains de rouges, toujours à faire chier !

Je REMARQUE que les bombes H en perdition ont reculé en page 3 : « Des radiations détectées sur le lieu de l'accident. On craint la fragmentation d'une bombe. »

On nous dit que le Président a été réveillé entre deux heures et deux heures et demie du matin, et qu'on l'a averti de l'arraisonnement du *Pueblo.*

Je suppose que le Président est retourné dormir.

Les Américains disent que le *Pueblo* croisait dans les eaux internationales ; les Coréens disent qu'il était dans leurs eaux territoriales. L'un des deux pays ment.

Alors on se pose des questions : à quoi sert un bateau-espion dans les eaux internationales ? A quoi sert un imperméable quand il fait soleil ?

Plus on se rapproche, mieux les instruments captent.

Titre du 26 janvier 1968 : LES ETATS-UNIS RAPPELLENT 14 700 RESERVISTES DE L'ARMEE DE L'AIR.

Les bombes H d'Islande ont complètement disparu : il ne s'est jamais rien passé de ce côté-là.

Pendant ce temps :

— Le sénateur John C. Stennis (démocrate, Missouri) déclare que la décision du président Johnson (le rappel des réservistes) est « nécessaire et justifiée », et il ajoute : « J'espère qu'il n'hésitera pas à mobiliser les réservistes de l'armée de terre. »

— Le leader de la minorité, Richard B. Russell (démocrate, Georgie) : « En dernière analyse, le pays doit obtenir la restitution du navire et de son équipage. Après tout, de grandes guerres ont éclaté à cause d'incidents bien moins graves. »

— Le président du Congrès, John W. McCormack (démocrate, Massachussetts) : « Le peuple américain doit prendre conscience que le communisme a encore pour but de dominer le monde. On l'oublie trop. »

Adolf Hitler, s'il traînait dans le coin, s'amuserait beaucoup.

Que dire de la politique et des grandes affaires internationales ? La crise de Berlin, la crise de Cuba, les avions-espions, les navires-espions, le Vietnam, la Corée, les bombes H perdues, les émeutes dans les villes américaines, la famine en Inde, les purges en Chine rouge ? Y a-t-il des bons et des mauvais ? Des qui mentent et des qui ne mentent pas ? Des bons et des mauvais gouvernements ? Non, il n'y a rien que des mauvais et des très mauvais gouvernements. Et le grand éclair bleu de chaleur qui nous déchirera une nuit où nous serons en train de baiser, de chier, de lire des bédés ou de coller des images dans un album de chocolat ? La mort subite ne date pas d'hier, la mort subite de masse non plus. Nous avons juste affiné le procédé. Des siècles de savoir, de culture et d'expériences, des librairies bien grasses et croulant sous les bouquins ; des tableaux qui se vendent des millions ; la médecine qui transplante le cœur ; impossible de reconnaître un fou d'un homme normal dans les rues, et voilà nos vies entre les pattes d'une bande de crétins. Les bombes ne tomberont peut-être pas ; les bombes tomberont peut-être. P'têt ben qu'oui, p'têt ben qu'non...

Maintenant oubliez-moi, chers lecteurs, je retourne aux putes, aux bourrins et au scotch, pendant qu'il est encore temps. Si j'y risque autant ma peau, il me paraît moins grave de causer sa propre mort que celle des autres, qu'on nous sert enrobée de baratin sur la Liberté, la Démocratie et l'Humanité, et tout un tas de merdes.

Première levée : 12 h 30. Premier verre : tout de suite. Les putes seront toujours là, Clara, Penny, Alice, Jo...

P'têt ben qu'oui, p'têt ben qu'non...

AUTANT QU'ON VEUT

Harry et Duke. Et la bouteille au milieu, dans cet hôtel minable en plein centre de L.A. C'était samedi soir dans une des villes les plus dures du monde. Harry avait vraiment l'air con avec sa bouille toute ronde et son petit bout de nez, et impossible de blairer ses yeux de poisson. D'ailleurs, impossible de blairer Harry dès qu'on le regardait un peu, donc on évitait de le regarder. Duke était plus jeune et il savait écouter, avec un sourire plutôt fin. Duke aimait écouter : les gens lui servaient de grand écran, et gratis. Harry était chômeur et Duke concierge. Ils sortaient tous les deux de taule et ils y retourneraient. Ils le savaient. Ça n'avait pas d'importance.

Ils avaient bu les deux tiers de la bouteille, et les canettes vides jonchaient le sol. Ils se roulaient des cigarettes avec l'assurance calme des hommes qui ont vécu durement et qui ne sont pas morts à 35 ans. La vie était un carnaval merdique mais ils y tenaient.

— Tu vois, mec, a dit Harry en tirant une taf, je t'ai choisi. J'ai confiance. Tu me paniqueras pas. Ta bagnole tient encore la route. On partagera le filon fifty-fifty.
— Parle-moi du filon, dit Duke.
— Tu n'en reviendras pas.
— Raconte.
— Voilà, y'a de l'or, du vrai, on n'a plus qu'à se baisser pour le ramasser. Ça a l'air dingue, mais c't'or, je l'ai vu.
— Et le risque ?
— L'artillerie. C'est un champ de tir, et ils bombardent toute la journée, parfois la nuit. Voilà le risque. Il faut des couilles, mais l'or est là. Il a dû être déterré par les obus. En fait, ils ne tirent pas souvent la nuit.
— On arrivera de nuit.
— On ramasse le morceau, on devient riches et on baise autant qu'on veut. Penses-y une seconde : autant qu'on veut.
— Ça m'a l'air au poil.
— S'ils se mettent à canarder, on plonge dans un trou d'obus. Ils ne tirent jamais deux fois au même endroit. Dès qu'ils touchent la cible, ils sont contents. Quand ils ratent, ils visent ailleurs.
— Ça m'a l'air logique.
Harry s'est reversé un bourbon.
— Il y a un autre risque.
— Raconte.
— C'est pourri de serpents. Voilà pourquoi il faut deux bonshommes. T'es pas mauvais avec un flingue, d'après ce que je sais. Pendant que je ramasse l'or, tu mates les serpents et tu leur pètes la tête. Il y a des crotales par là-bas. T'es l'homme qu'il faut.
— Pourquoi je le serais pas ?

Ils sont restés un moment à boire, à fumer et à réfléchir au coup.

— Tout ce fric, disait Harry, autant de nanas qu'on veut.

— Tu sais, peut-être que leurs canons ont décannillé un vieux coffre à trésors.

— D'où que ça vienne, y a de l'or.

Ils ont encore réfléchi un moment.

— Comment tu sais, a dit Duke, qu'avec tout cet or je ne vais pas te descendre?

— C'est un risque à prendre.

— Tu me fais confiance?

— Je ne fais confiance à personne.

Duke a ouvert une autre bière et s'est rempli un verre.

— Alors plus la peine d'aller bosser lundi, pas vrai?

— Plus maintenant.

— Je me sens déjà riche.

— Moi aussi.

— Tout ce qu'il faut à l'homme, c'est un minimum de cash, après quoi les gens te traitent comme un prince.

— Ouais.

— Où est le champ de tir? a demandé Duke.

— Tu le sauras assez tôt.

— On partage fifty-fifty?

— On partage fifty-fifty.

— Tu n'as pas peur que je te descende?

— Arrête avec ça, Duke. Moi aussi je peux te descendre.

— Bon dieu, j'avais pas pensé à ça. Tu descendrais un copain?

— On est copains?

— Je crois que oui, Harry.

— Il y aura assez d'or et de nanas pour deux. On en aura pour la vie. Fini le juge, finis les petits boulots merdeux. Les putes de Beverly Hills se traîneront à nos pieds. Ouais, finies les emmerdes.

— Tu crois qu'on y arrivera ?
— Sûr.
— Il y a vraiment du métal, là-bas ?
— Ça fait dix fois que je te le dis, mec.
— O.K.

Ils ont encore picolé, fumé. Ils se taisaient. Ils bavaient à l'avenir. Il faisait chaud cette nuit-là. Des clients de l'hôtel avaient laissé leur porte ouverte et leur bouteille sur la table. On voyait les types assis en caleçon, relax, perplexes ou crevés. Certains avaient des bonnes femmes, pour lever le coude à deux plutôt qu'autre chose.

— On ferait bien d'aller acheter une autre bouteille, dit Duke, avant que ça ferme.
— Je n'ai pas un rond.
— T'en fais pas.
— O.K.

Harry et Duke se sont levés, ils ont pris le couloir, puis l'escalier de service. Un type avec des vieilles fringues graisseuses étaient assis au milieu de l'escalier.

— Tiens, mon vieux pote Frankie Cannon. Il en tient une sérieuse, ce soir. On va être obligés de le dégager du chemin.

Harry l'a tiré par les pieds et s'est penché sur lui.

— Je me demande si on l'a déjà nettoyé.

— Aucune idée, dit Duke, jette un coup d'œil.

Duke lui a retourné les poches. Vérifié la chemise, ouvert le pantalon, visité la ceinture et n'a trouvé qu'une boîte d'allumettes où on lisait :

APPRENEZ
LA COMPTABILITE
A DOMICILE
Salaires de premier ordre
Emplois disponibles

— Quelqu'un est passé avant nous, a dit Harry.
Ils ont descendu l'escalier et pris la ruelle.
— Tu es sûr que l'or est là ? a demandé Duke.
— Ecoute, tu me fais chier ! J'ai l'air d'un dingue ou quoi ?
— Non.
— Alors arrête ton cirque.
Ils sont entrés dans le débit. Duke a demandé un bourbon et un carton de bière brune. Harry a piqué un sachet d'amuse-gueules. Duke a payé ses bouteilles et ils sont sortis. Juste quand ils prenaient la ruelle, une jeune femme les a croisés. Jolie pour le quartier, la trentaine bien balancée, mais les cheveux en bataille et le pas en zig-zag.
— Qu'est-ce que vous trimballez là-dedans, les gars ?
— Du pipi de chat, dit Duke.
La fille s'est approchée et s'est frottée contre le sac.
— Je n'aime pas la bibine. Vous avez du bourbon ?
— Sûr, poulette, t'as qu'à monter.
— Montre la bouteille d'abord.
Elle plaisait bien à Duke, avec sa robe moulante et son petit cul, nom d'un chien. Il a sorti la bouteille.
— O.K., on y va.
Ils ont remonté la ruelle, la fille au milieu. Elle marchait en cognant de la hanche contre

Harry. Harry l'a alpaguée pour l'embrasser, elle s'est dégagée.

— Fous-moi la paix, sale con !

— Tu vas encore tout gâcher, Harry ! a dit Duke. Recommence et je t'envoie valser.

— Tu fais pas le poids.

— Fais gaffe quand même.

Ils ont remonté la ruelle, puis l'escalier, et ils ont poussé la porte. La fille a regardé Franky Cannon qui ronflait et n'a pas fait de commentaires. Une fois dans la chambre, la fille s'est assise en croisant les jambes, et elle avait de belles jambes.

— Je m'appelle Ginny.

Duke a versé la tournée.

— Le connard avec qui je partage une piaule, il me laisse à poil, il a bouclé mes habits dans les w.-c. Ça dure depuis une semaine. J'ai attendu qu'il se beurre, puis j'ai piqué la clef et cette robe et je me suis tirée.

— C'est une jolie robe.

— Elle est pas mal.

— Elle te met en valeur.

— Merci. Et vous les mecs, qu'est-ce que vous foutez ?

— Qu'est-ce qu'on fout ? dit Duke.

— Ouais, côté boulot.

— On est chercheurs d'or, dit Harry.

— Allez, fais pas chier.

— C'est vrai, dit Duke, on est chercheurs d'or.

— On a dégotté un filon. Dans une semaine on est riches, a conclu Harry.

Harry a dû se lever pour aller pisser. La tinette était au bout du couloir. Harry sorti, Ginny a dit :

— Je veux baiser avec toi d'abord, chéri. Lui, il me botte pas.

— C'est comme tu veux, dit Duke.

Duke a rempli trois verres. Quand Harry est revenu, Duke lui a dit :
— Elle va commencer par moi.
— Qui dit ça ?
— Nous deux.
— C'est vrai, dit Ginny.
— D'ailleurs on devrait l'emmener, dit Duke.
— Les types, je les rend dingues. Je les fais brailler comme des veaux. J'ai la chatte la plus petite de Californie !
— Parfait, dit Duke, on va vérifier.
— File-moi un verre d'abord, a dit Ginny en sifflant son bourbon.
Duke lui a versé sa dose.
— Je suis bien fourni moi aussi, poulette, je vais t'ouvrir le ventre !
Harry :
— Il faudrait que tu te serves de ton pied !
Ginny a vidé son verre en souriant.
— O.K., dit-elle à Duke, on y va.
Elle est allée s'asseoir sur le lit et s'est déshabillée. Elle portait une culotte bleue et un soutien-gorge rose fané retenu par une épingle à nourrice. Duke a défait l'épingle à nourrice. Puis Ginny lui a demandé :
— Il va rester là à regarder ?
— Je m'en fous, si ça l'amuse.
— O.K.
Ginny et Duke se sont mis dans les draps. Harry a regardé les cinq minutes d'échauffement, puis la couverture est tombée par terre. Harry ne voyait pas grand-chose, à part des remous sous un drap plutôt sale.
Duke a monté la fille. Harry voyait le cul de Duke remuer sous le drap.
Duke a crié :
— Et merde !

— Keski s'passe ? a dit Ginny.
— J'ai glissé dehors. Tu m'as pourtant dit que t'avais un petit trou !
— Je vais te le rentrer ! Je savais même pas que tu y étais !
— J'étais *quelque part* !
Le cul de Duke a remué encore un coup. Harry pensait :
— J'aurais jamais dû parler de l'or à ce salopard. Maintenant on a cette pétasse sur les bras. Ils vont faire alliance contre moi. Sauf que, si Duke se fait descendre, Ginny m'aimera plus.
Ginny a gémi et s'est mise à bredouiller.
— Oh, chéri, chéri ! Jésus, chéri, mondieuuu !
Bande de ploucs, pensait Harry.
Il s'est levé et s'est dirigé vers la fenêtre donnant sur la cour. La cour de l'hôtel ouvrait sur l'autoroute d'Hollywood, sortie Vermont. Harry contemplait les phares et les feux rouges des bagnoles. Ça le fascinait toujours, tous ces gens qui dévalaient dans un sens pendant que d'autres dévalaient en sens contraire. Quelque chose clochait, ou alors on se foutait du monde. Puis il a entendu la voix de Ginny :
— Je vais JOUIR ! Oh mon dieu, je vais JOUIR ! Oh mon dieu je vais...
Harry a pensé : et merde, et il s'est retourné pour mater. Duke turbinait ferme. Les yeux de Ginny étaient comme vides, elle fixait le plafond, droit dans l'ampoule nue ; vides, quasiment vides ses yeux fixaient le plafond par-dessus l'oreille de Duke...
Il faudra peut-être le descendre sur le champ de tir, pensait Harry. Surtout si Ginny a un petit trou.
De l'or, autant d'or qu'on veut.

LA CHATTE BLANCHE

Le bar près du dépôt avait changé six fois de propriétaire en un an. Tour à tour boîte à strip, restau chinois puis mexicain, vendu à un cul-de-jatte, et ainsi de suite. Je le connaissais comme ma poche, à force de rester sur ma chaise à regarder l'horloge de la gare par la porte du fond. C'était un assez chouette bar, sans bonnes femmes pour faire chier. Juste une bande de mange-cassave et de joueurs de flipper qui me foutaient une paix royale. Les gars passaient leur temps devant une espèce de télé à regarder des jeux idiots. On est peut-être mieux dans sa piaule, d'accord, mais des années de bitures m'ont appris qu'à rester entre ses quatre murs, on se démolit. Pas la peine de LEUR donner ce plaisir. Savoir équilibrer foule et solitude, voilà le truc, celui qui vous évite les cellules capitonnées.

Me voilà donc assis dans ce bar, à me tourner les pouces, quand le Mexicain au Sourire Perpétuel vient s'asseoir à côté de moi.

— J'ai besoin de trois briques. Tu peux me trouver trois briques ?

— Pas possible en ce moment. Trop d'emmerdes.

— Mais j'en ai besoin !

— On en a tous besoin. Paie-moi une bière.

Le Mexicain au sourire perpétuel me paie une bière.

a) il se paye ma tronche ;
b) il est cinglé ;
c) il arnaque ;
d) c'est un flic ;
e) il est très nul.

Je lui dis :

— Je dois pouvoir te trouver trois briques.

— J'espère bien. J'ai perdu mon pote. Un type qui savait forcer un coffre, du côté où c'est mince, avec un bon vérin bricolé, en augmentant la pression jusqu'à ce que ça pète. Sympa, pas de bruit. Moi je travaille au marteau, je démolis la combinaison et je dynamite le trou. Trop de bruit et démodé. Il me faut trois briques pour me mettre au vert jusqu'à ce que j'ai repéré un pigeon.

Le type me parle calmement, à l'oreille, pour que personne n'entende. J'ai moi-même du mal.

Je lui demande :

— Ça fait combien de temps que tu es flic ?

— Tu te gourres. Je suis étudiant, au cours du soir. J'apprends la trigonométrie.

— C'est pour ça que tu braques les coffres ?

— Ouais. Quand j'aurai du fric, je m'achèterai des coffres et une baraque à Beverly Hills. Le coin où il n'y a jamais d'émeutes.

— D'après mes potes, on dit *révoltes,* pas *émeutes.*

— Tu as de drôles de potes.

— Des drôles et des pas drôles. Quand tu arriveras au calcul intégral, tu comprendras mieux ce que je veux dire. Il te reste un bout de chemin à faire.

— Donc j'ai vraiment besoin des trois briques.

— Trois briques aujourd'hui, c'est quatre briques à rendre dans trente-cinq jours.

— Tu as l'air bien sûr que je te les rendrai.

— On ne m'a encore jamais arnaqué, tu vois ce que je veux dire ?

Encore deux bières qui passent. On regarde la partie sur l'écran.

J'insiste :

— Ça fait combien de temps que tu es flic ?

— Tu devrais arrêter ce petit jeu. Je peux te poser une question ?

— Ouais.

— Je t'ai vu te balader une nuit, il y a deux semaines environ, vers une heure du matin, la gueule en sang. Et plein de sang aussi sur la chemise. Une chemise blanche. Je voulais t'aider mais tu n'avais pas l'air dans ton assiette, tu m'as fait peur. Tu marchais droit, mais comme un somnambule. Je t'ai vu entrer dans une cabine téléphonique et après un taxi t'a emmené.

— Mouais.

— C'était toi ?

— C'est bien possible.

— Qu'est-ce qui t'est arrivé ?

— J'ai eu de la chance.

— Tiens !

— Ouais. Ils n'ont pas réussi à me coincer. On est en plein dans la joyeuse décennie des assassinats. Kennedy, Oswald, Luther King, le Che, Lumumba, et j'en passe. J'ai eu de la chance d'être un petit gibier.

— Qui t'a fait ce coup ?

— Tout le monde.

— Tout le monde ?
— Mouais.
— Qu'est-ce que tu penses de l'affaire Luther King ?
— Je pense que je suis trop minable pour mourir entre les pattes d'un noir. Je pense aussi qu'il y a pas mal de blancs maniaques qui le méritent, et d'ailleurs c'est LEUR rêve. Un des bons côtés de la révolution noire, c'est que ces mecs en VEULENT. La plupart des blancs en caleçons longs ont oublié comment on en veut, moi y compris. Quel rapport avec les trois briques ?
— On m'a dit que tu avais du répondant, j'ai besoin de blé, mais je m'aperçois que tu es un drôle de taré.
— F.B.I.
— Pardon ?
— Tu es du F.B.I. ?
— Et toi, tu es paranoïaque ?
— Evidemment, comme tous les gens normaux.
— T'es trop taré !

Il a l'air crevé, il repousse son tabouret et il sort. Teddy, le nouveau patron, me ramène une bière.
— Qui c'était ?
— Un type qui essayait de me fourguer son problème.
— Ah ouais ?
— Ouais. Alors je lui ai fourgué le mien.

Teddy s'éloigne sans s'affoler. Ils sont comme ça, les patrons de bar. Je vide ma bière, je sors et je pousse jusqu'au bar mexicain, une espèce de grange avec un comptoir en cuivre. Au bar mexicain, ils veulent ma peau. Je joue mal la comédie quand je suis pété. Ça m'amuse de faire le blanc, le chineur, le malin. Tiens, la barmaid. Je me rappelle sa tête. L'orchestre enchaîne. *Les beaux jours sont de retour.* Des types me font un bras d'honneur. C'est encore pire que les lames de rasoir.

— J'ai besoin de mes clefs.

La barmaid fouille dans son tablier (il lui va bien, ce tablier, commes à toutes les bonnes femmes ; d'ailleurs un jour je me ferai un tablier, une NANA en tablier, quoi), et jette les clefs sur le comptoir — clefs de voitures, clefs d'appartement, clefs de ma tête.

— Tu m'avais promis de revenir hier soir.

Je tourne la tête, deux ou trois types sont avachis dans les coins, l'air sonné. Tout autour des mouches qui bourdonnent, et on leur a fait les poches. Ça sent le Mickey. Un gringo prend des risques, pas moi : les Mexicains sont vraiment cool — on leur a piqué leur terre et ils jouent de la trompette. Puis je dis :

— J'ai oublié de revenir.

— Je te paye un verre.

— O.K. Imagine que je suis Bob Hope en train de raconter des blagues aux bidasses pour Noël. Un Mickey, bien tassé !

Ça la fait rire et elle court préparer le poison. Je tourne la tête pour ne pas la gêner. Elle s'assied en face de moi :

— Je t'aime bien, dit-elle, et je voudrais bien rebaiser avec toi. Tu en sais des trucs, pour un vieux mec.

— Merci. C'est à cause de ta perruque blanche. Je suis un barjot : j'aime les jeunes qui jouent aux vieilles et les vieilles qui jouent aux jeunes. J'aime les ceintures de cuir, les talons aiguilles, les petits slips roses, tous les trucs paillards.

— J'ai un numéro où je me teins la chatte en blanc.

— Très bonne idée.
— Bois ton poison.
— Ah oui, merci.
— C'est ma tournée.

Je bois le Mickey mais je les roule tous, ni une ni deux, je sors et là, coup de bol, je repère un taxi sous le soleil dans Sunset Boulevard, je monte, et quand on arrive à la baraque j'ai du mal à payer, ouvrir la porte, la refermer, et je tombe paralysé. Une chatte blanche. Elle voulait m'avoir, sûr, et pas qu'un peu. Je me traîne jusqu'au matelas et me voilà glacé, complètement glacé, sauf la tête, ah oui, trois briques, tout le monde en a l'usage, pas vrai ? Les intérêts et la grande soustraction, on s'en branle. Trente-cinq jours. Combien d'hommes ont jamais connu trente-cinq jours de liberté ? La nuit tombe, je ne saurais jamais la réponse.

Mouais.

J'AI VÉCU
AVEC L'ENNEMI PUBLIC N° 1

J'étais en train d'écouter du Brahms à Philadelphie, en 1942. Je possédais un petit pick-up et c'était le 2ᵉ mouvement de Brahms. A l'époque je vivais seul. Je tirais sans me presser sur une bouteille de porto et sur un cigare très quelconque. Ma piaule était petite et propre. Puis, comme dans les histoires : toc toc toc, on frappe. Ça y est, je me dis, on vient m'apporter le prix Nobel ou le Pulitzer. Entrent deux gros lards à tête de péquenots.

— Bukowski ?
— Ouais.

Ils me montrent un badge : F.B.I.

— Suis-nous. Prends ton manteau, on en a pour un moment.

Qu'avais-je fait ? Aucune idée, et je n'ai pas demandé. Dans ces cas-là, inutile de demander quoi que ce soit. L'un des flics est allé débrancher Brahms, et on est descendus dans la rue. Il y avait des têtes aux fenêtres, les gens avaient l'air au courant.

Il y a toujours une bonne femme pour se mettre à crier :

— Le voilà ce sale type ! Ils ont fini par l'arrêter !

Je n'accroche pas vraiment avec les dames.

J'essayais toujours de me rappeler ce que j'avais fait et je me suis fourré dans le crâne que j'avais assassiné quelqu'un après une biture. Mais que fichait le F.B.I. dans cette histoire ?

— Les mains sur la tête et ne bouge pas !

Deux types étaient à l'avant, plus deux sur la banquette arrière. J'avais sûrement assassiné quelqu'un, quelqu'un d'important.

On a roulé un moment, j'ai pensé à autre chose et j'ai voulu me gratter le nez.

— BOUGE PAS TES MAINS !!

Une fois au commissariat un inspecteur m'a montré un jeu de photos qui couvrait les quatre murs, et il a dit d'un air mauvais :

— Tu vois ces photos ?

J'ai passé les photos en revue. C'était pas mal cadré, mais du diable si je connaissais une seule de ces tronches.

— Oui, je vois les photos.

— Ces hommes sont morts au service du F.B.I.

Je ne savais pas le genre de réponse qu'il attendait de moi et j'ai préféré ne rien dire.

Ils m'ont emmené dans une autre pièce, avec un type derrière un bureau.

— OU EST L'ONCLE JOHN ? a gueulé le type.

— Hein ?

— OU EST L'ONCLE JOHN ?

Pour moi c'était du chinois. Un moment j'ai vu une allusion à une espèce d'arme secrète avec laquelle j'aurais commis mon crime pendant ma biture. Je commençais à m'énerver et tout ça était absurde.

— JOHN BUKOWSKI, tu piges ?
— Ah, il est mort.
— Merde, pas étonnant qu'on n'arrive pas à le trouver.

Ils m'ont descendu dans une cellule peinte en jaune. On était samedi après-midi. De ma lucarne, je pouvais voir des gens en train de se balader. Les veinards. Sur le trottoir d'en face un magasin de disques répandait sa musique. Tout paraissait libre et facile, dehors. Et moi qui restais là à me creuser les méninges. J'avais envie de pleurer mais rien ne sortait. J'étais comme qui dirait malade de tristesse, comme quand on croit toucher le fond du gouffre. Je suis sûr que vous connaissez. Tout le monde connaît. Mais je me dis que je connais un peu trop, voilà.

La prison Moyamensing m'a fait penser à un château du Moyen Age. Un gros portail de bois a pivoté pour me laisser entrer. J'ai été surpris de ne pas passer sur un pont-levis.

Les flics m'ont collé avec un type dodu qui avait une tête de comptable du Trésor.

— J'suis Courtney Taylor, ennemi public n° 1, a dit le type. Qu'est-ce qui t'amène ?

Je savais maintenant parce que j'avais demandé en route.

— Insoumission.

— Il y a deux choses qu'on ne peut pas blairer ici : les insoumis et les obsédés sexuels.

— Morale de truands, hein ? On garde le pays en bonne santé pour mieux le piller.

— Peut-être, mais on peut pas blairer les insoumis.

— Je suis vraiment innocent. J'ai déménagé et j'ai oublié de laisser mon adresse au bureau de recrutement. J'avais prévenu la poste et j'ai reçu une lettre de Saint-Louis qui me convoquait au conseil de révision. Je leurs réponds : Saint-Louis, c'est trop loin, mais d'accord pour passer le conseil ici. Là-dessus ils débarquent et me jettent dans ce trou. Ça ne colle pas : si j'avais voulu me débiner j'aurais fait le mort.

— Z'êtes tous innocents, les mecs. Putains de baratineurs !

Je me suis allongé sur le bat-flanc.

Un maton s'est pointé.

— TU VAS LEVER TON GROS CUL, OUI ?

J'ai levé mon gros cul d'insoumis.

Taylor m'a demandé :

— Tu veux en finir tout de suite ?

— Oui.

— Démonte le verre de lampe. Remplis la bassine d'eau et mets les pieds dedans. Puis tu dévisses l'ampoule et tu fourre ton doigt dans la douille. Tu pars tout de suite.

— Merci Taylor, t'es un copain.

A l'extinction des feux, je me suis couché, et ça a démarré. Des punaises.

— D'où sort cette saloperie ?

— Des punaises. On a des punaises ici.

— Je parie que j'ai plus de punaises que toi.

— Tenu.

— Dix *cents* ?

— Dix *cents*.

Me voilà lancé à la chasse aux punaises. Je les écrasais et les alignais sur mon étagère.

Quand on a sifflé la fin du match, chacun a apporté ses punaises devant la porte, là où il y avait de la lumière, et on a compté. J'en avais 13, Taylor 18. J'ai donné ses dix *cents* à Taylor. Plus tard seulement j'ai compris qu'il avait coupé en deux et aplati ses punaises. Ce fils de pute était un tricheur, un vrai pro.

Je me suis rattrapé aux dés. On jouait

pendant la promenade et comme je gagnais à tous les coups je devenais riche. Riche comme un taulard. Je me faisais dans les 15 ou 20 dollars par jour. Les dés étaient interdits et les gardes pointaient leurs mitraillettes du haut des miradors et ils braillaient : ÇA SUFFIT COMME ÇA ! N'empêche, on se débrouillait toujours pour recommencer une partie. Le type qui fournissait les dés était là pour outrage à la pudeur et je ne l'aimais pas. D'ailleurs, je n'aimais pas les obsédés. Ils avaient des crânes chafouins, des yeux de grenouille, des petits culs et des manières pas nettes. Des mâles au rabais. Les pauvres n'y étaient pour rien, mais ils me gâchaient le paysage. Le fournisseur de dés venait me tourner autour à chaque fin de partie.

— Tu tiens le bon bout, laisse-moi goûter !

Je lâchais trois pièces dans sa menotte de tapette, et ce porc lubrique se tirait avec sa tête de faux-cul. Il se voyait déjà en train de montrer sa queue à des petites filles de trois ans. J'avais du mal à ne pas cogner mais les cogneurs, à Moyamensing, écopaient du cachot. Le trou au pain et à l'eau, c'est encore plus déprimant que la cellule. J'en ai vu en sortir et mettre un mois à se refaire. En fait, on avait tous des drôles de tronches. Moi aussi, j'en avais une drôle. J'étais trop dur avec l'obsédé.

Quand je ne l'avais pas sous le nez, je pouvais rationaliser tout ça.

J'étais riche. Après l'extinction, le cuisinier nous descendait des plateaux de bouffe, de la bonne bouffe et à la pelle : ice-creams, gâteaux, tartelettes, café. Taylor m'a dit de ne jamais donner plus de quinze *cents* au cuisinier. C'était le tarif. L'autre murmurait un merci et demandait s'il pouvait passer le lendemain soir.

— Coûte que coûte ! je lui disais.

C'était les restes du directeur, et le directeur, de toute évidence, bouffait bien. Les taulards crevaient de faim mais Taylor et moi on se dandinait comme deux mammas pleines jusqu'aux yeux.

— C'est un bon cuisinier, disait Taylor. Il a descendu deux types. Il a tué le premier, il s'est tiré et il a tué la deuxième dans la foulée. Il en a pour un moment s'il ne fait pas la belle. Il a coincé un marin l'autre nuit et il l'a enculé. Il a quasiment éventré le type qui n'a pas pu marcher pendant une semaine.

— Je l'aime bien, le cuistot. C'est un chic type.

— Un chic type, oui, disait Taylor.

On appelait le maton pour râler sur les punaises et le maton se mettait à brailler :

— ON EST PAS A L'HOTEL ! C'EST VOUS QUI RAMENEZ LES PUNAISES ICI !

Ce qui, bien sûr, était une grave insulte.

Les matons étaient des minables, les matons étaient des cons et les matons avaient les foies. J'avais de la peine pour eux.

Pour finir, ils ont mis Taylor dans une cellule, moi dans une autre, et ils ont passé notre cellule au flytox.

J'ai retrouvé Taylor à la promenade.

— Je me traîne un môme, a dit Taylor, c'est un muet, il connaît rien à rien, c'est terrible.

Je me traînais un vieux qui ne causait pas anglais et qui passait ses journées sur le pot à dire : TARA BOUBA MANGE TARA BOUBA CHIE ! Il n'arrêtait pas. C'était là sa vie : manger et chier. Probable qu'il faisait allusion à des héros mythologiques de son pays. Tiens, peut-être Tarass Boulba ? Je ne sais pas. Le vieux a déchiré mon drap la première fois que je suis descendu à la promenade et il a fabriqué une corde à linge. Il a pendu ses chaussettes et son caleçon sur ce truc et quand je suis entré je me suis arrosé. Le vieux ne quittait jamais la cellule, même pour la douche. Il était innocent, à ce qu'on disait, et il voulait juste passer un moment tranquille ici. Et on le laissait tranquille. Par gentillesse ? Je lui en voulais à mort parce que je ne supporte pas les couvertures de laine à même la peau. J'ai la peau très sensible.

Je l'avais engueulé :

— Vieux con, j'ai déjà buté un type et si tu t'arranges pas ça fera deux !

Mais il était resté sur son pot à me rire au nez et à rabâcher TARA BOUBA MANGE, TARA BOUBA CHIE !

J'ai laissé tomber. L'avantage, c'est que je n'avais plus à récurer le plancher, le vieux fou nettoyait pour deux et notre cellule était la plus propre des Etats-Unis. Du monde entier. Et le vieux raffolait du petit extra nocturne. Un vrai goinfre.

Le F.B.I. m'a reconnu innocent du crime d'insoumission volontaire et on m'a conduit au centre de recrutement — où j'ai revu des types de la prison. J'ai passé les tests physiques puis j'ai été voir le psychologue.

— Vous croyez à la guerre ? m'a-t-il demandé.

— Non.

— Vous avez envie de faire la guerre ?

— Oui.

(J'avais eu l'idée dingue de sortir de la tranchée et de foncer dans le déluge jusqu'à ce que je sois tué.)

Le psychologue n'a rien dit pendant un moment tout en griffonnant sur un bout de papier. Puis il a levé les yeux :

— Au fait, il y a une party mercredi soir. Des toubibs, des peintres, des écrivains. Je tiens à vous inviter. Vous viendrez ?

— Non.

— Parfait, dit-il, vous n'êtes pas obligé d'y aller.

— D'aller où ?

— A la guerre.

Je l'ai regardé sans rien dire.

— Vous ne pensiez pas qu'on comprendrait, pas vrai ?

— Non.

— Donnez ce papier au type dans le bureau d'à côté.

Ça faisait un bout de chemin. Le papier était plié en deux, épinglé à ma carte d'identité par un trombone. J'ai soulevé un coin et j'ai jeté un œil : « ... sous un masque impassible, cache une profonde sensibilité... » Bon Dieu ! J'ai éclaté de rire : moi, sensible !!

C'était comme ça, Moyamensing. Et c'est comme ça que j'ai gagné la guerre.

COMME
AU BON VIEUX TEMPS

I

On envoyait toujours les nouveaux nettoyer la merde de pigeon, et quand tu nettoyais leur merde, les pigeons se ramenaient et t'en larguaient de la fraîche sur les cheveux, le nez et les fringues. On ne te filait pas de savon, juste de l'eau avec une brosse, et la merde partait mal. Après on t'envoyait à l'atelier, pour trois *cents* l'heure, mais tous les nouveaux commençaient par la merde de pigeon.

J'étais avec Blaine quand Blaine a eu l'idée. Il a repéré un pigeon dans un coin, une bestiole qui n'arrivait plus à voler.

— Ecoute, a dit Blaine, je sais que ces oiseaux-là se causent entre eux. Alors celui-là va avoir quelque chose à raconter à ses copains. On va le coincer et l'attacher sur le toit, il pourra dire aux autres comment ça se passe ici.

— D'accord.

Blaine est allé ramasser le pigeon. Il a sorti

un petit Gilette et il a maté les alentours. C'était dans un coin de la cour à l'ombre, il faisait chaud et pas mal de taulards étaient descendus.

— L'un de ces messieurs peut-il m'assister pendant l'opération ? a demandé Blaine.

Pas de réponse.

Blaine s'est mis à couper une des pattes. Même des durs ont détourné la tête. J'en ai vu deux ou trois se mettre la main devant les yeux pour échapper au spectacle.

— Bordel, les mecs, qu'est-ce qui vous prend ?

Je les ai engueulés :

— On en a tous marre de la merde de pigeon dans les cheveux et dans l'œil ! On va arranger celui-là et le balancer sur le toit et il dira aux autres : « Il y a des salauds d'enculés là en dessous ! N'approchez-pas ! » Ce pigeon va dire à ses copains pigeons d'arrêter de nous chier dessus !

Blaine a jeté la bestiole sur le toit. J'ai oublié si le truc a marché ou pas, mais je me revois en train de récurer, quand ma brosse est tombée sur les deux pattes de pigeon. Elles avaient l'air bizarre sans l'oiseau au bout. Je les ai balayées dans le tas de merde.

II

La plupart des cellules étaient bourrées et il y avait déjà eu des bagarres avec les noirs. Mais les gardiens étaient sadiques. Ils ont déménagé Blaine de ma cellule pour une cellule remplie de noirs. En arrivant, Blaine a entendu un noir qui disait :

— Voilà un trou que je vais me payer ! Oui m'sieur, ce mec va me servir de trou et tout le monde aura sa part ! T'entends, fillette, tu te déloques ou il faut qu'on t'aide ?

Blaine s'est déshabillé et il s'est allongé par terre.

Il les entendait s'agiter autour de lui.

— Bon Dieu ! c'est le trou du cul le plus LAID que j'ai jamais vu !

— Moi j'arrive pas à bander, Boyer, donne-moi un coup de main !

— Bon dieu, on dirait un beignet en train de dégueuler !

Ils se sont tous tirés, Blaine s'est relevé et il a remis ses fringues. Dans la cour il m'a dit :

— J'ai eu de la veine, ils auraient pu me mettre en bouillie !

— Dis merci à ton trou du cul.

III

Puis il y a eu Sears. Ils ont collé Sears dans une cellule avec un paquet de noirs. Sears a repéré le plus gros et il s'est battu. L'autre était au pieu, Sears a sauté en l'air et il a atterri à genoux sur la poitrine du gros. Ils se sont battus. Sears lui a flanqué une trempe. Les autres ont regardé, c'est tout.

On aurait dit que Sears se foutait de tout ça. Dehors, dans la cour il s'asseyait sur ses talons et se balançait, la clope au bec. Il reluquait un noir, souriait, soufflait la fumée.

Sears s'est approché d'un noir :

— Tu sais d'où je viens ?

Pas de réponse.

— Je viens de Deux Rivières, Mississippi.

Il a avalé la fumée, l'a gardée un moment, a soufflé, souri, tout dans les hanches.

— Tu te plairais là-bas !

Puis il a jeté son mégot et il s'est relevé, il a tourné les talons et il a traversé la cour.

IV

Sears avait une dent contre les blancs aussi. Sears avait des cheveux marrants, ils avaient l'air collés sur le crâne et ils tenaient tout droit, rouges et sales. Il avait une balafre de couteau sur la joue et ses yeux étaient ronds comme des billes.

Ned Lincoln paraissait 19 ans mais il en avait 22 — la bouche ouverte, une bosse dans le dos et une taie blanche qui lui fermait à moitié l'œil gauche. Sears a repéré le gosse le premier jour où il est arrivé.

Il a crié au gosse :

— HE, TOI !

Le gosse s'est retourné.

Sears l'a montré du doigt :

— TOI, MEC, JE VAIS TE BUTER ! T'AS INTERET A TE PREPARER, JE VAIS TE FAIRE LA PEAU DEMAIN ! JE VAIS TE BUTER !

Ned Lincoln n'a pas bronché, il n'a pas bien compris. Sears est parti dans une discussion avec un autre taulard, l'air d'avoir oublié l'histoire. Mais on savait qu'il n'avait pas oublié. C'était sa manière. Il avait annoncé la couleur et ça suffisait.

Un copain de cellule a parlé au gosse ce soir-là :

— T'as intérêt à te préparer, petit. T'as intérêt à te trouver un truc.

— Bah quoi ?

— Eh bien, tu pourrais te fabriquer une petite lame avec la poignée de la chasse, ça s'affute en frottant sur le ciment. Sinon je te vends une chiée lame pour deux dollars.

Le gosse a acheté la lame. Mais le lendemain il est resté dans sa cellule, il n'est pas sorti à la promenade.

— La petite merde a les foies, a dit Sears.

— J'aurais les foies à sa place, ai-je dit.

— Tu serais sorti.

— Je serais resté.

— Tu serais sorti.

— O.K., je serais sorti.

Sears l'a saigné à mort le lendemain dans les douches. Personne n'a rien vu, rien que du sang rouge et frais qui coulait dans la rigole avec l'eau et le savon.

V

Il y a des types qui ne se laissent jamais casser. Même le trou, ça ne les guérit pas. Prenez Joe Statz : on aurait dit qu'il avait passé sa vie au trou. C'était la tête de turc du gardien-chef. Si le gardien-chef était arrivé à casser Joe, il aurait pu tenir un peu mieux tous les autres taulards.

Un jour le gardien-chef prend deux hommes avec lui, il soulève la trappe, il se met à genoux et il appelle Joe :

— JOE ! T'EN AS ASSEZ ? TU VEUX SORTIR, JOE ? SI TU VEUX PAS SORTIR

MAINTENANT, JE REVIENDRAI PAS AVANT UN BON BOUT DE TEMPS !
Pas de réponse.
— JOE ! HO ! TU M'ENTENDS ?
— Ouais, j'entends !
— ALORS QU'EST-CE QUE TU REPONDS, JOE ?
Joe a ramassé sa tinette de pisse et de merde et il l'a balancée à la gueule du gardien-chef. Les types ont refermé la trappe et Joe, à ma connaissance, est toujours au fond du trou, mort ou vivant. On a tous fini par savoir ce qu'il avait fait au gardien-chef et on pense souvent à Joe, surtout après l'extinction des lumières.

VI

Je me disais :
— Quand je sortirai, j'attendrai un moment et puis je reviendrai ici, je reviendrai et je regarderai de l'extérieur et je saurai exactement ce qui se passe de l'autre côté et là, devant ces murs, je vais me jurer de ne plus jamais me retrouver derrière.
Mais je suis sorti et je ne suis jamais revenu. Je ne suis jamais venu regarder de l'extérieur. C'est comme une fille qui t'a fait des crasses : pas la peine de revenir. T'as même plus envie de la regarder. Mais tu peux en parler, ça c'est facile. Et c'est un peu ce que j'ai fait aujourd'hui. Bonne chance à toi, l'ami, dedans ou dehors.

LE GRAND MARIAGE ZEN

J'étais assis à l'arrière, jusqu'au cou dans le pain de seigle, les saucisses, la bière et les sodas ; avec ma cravate verte, première cravate depuis la mort de mon père, dix ans plus tôt. J'allais être témoin à un mariage zen, Hollis roulait à cent quarante à l'heure, et la barbe d'un mètre de Roy me flottait dans les yeux. On était dans ma Comet 1962, mais pas question pour moi de conduire (défaut d'assurance, deux inculpations pour conduite en état d'ivresse) et j'étais déjà bourré. Hollis et Roy vivaient ensemble depuis trois ans, pas mariés. Hollis entretenait Roy. J'étais assis sur la banquette arrière et je suçais ma bière, pendant que Roy me détaillait tête par tête toute la famille d'Hollis. Pour le baratin, Roy était le meilleur. Et la langue vraiment bien pendue : les murs de leur appartement étaient couverts de photos où des types mastiquaient des cramouilles.

Sans oublier ce cliché de Roy en train de se branler jusqu'à l'orgasme. Roy avait fait ça tout seul. Je veux dire, tripoter l'appareil. Le fil, le déclencheur. De l'astuce. Roy racontait qu'il avait dû se branler six fois pour obtenir un cliché parfait. Huit heures de travail: et c'était là, ce hoquet laiteux, une œuvre d'art. Hollis a quitté l'autoroute. On arrivait. Certains riches ont des chemins de deux kilomètres dans leur propriété. Avec ses cinq cent mètres, celui-là n'était pas mauvais. On est sorti de la bagnole. Jardin tropical. Quatre ou cinq clébards. Des grosses bestioles noires et laineuses, imbéciles et baveuses. Nous étions à peine sortis qu'il était là, le riche, debout sous la véranda, l'œil sur nous, verre à la main. Roy a crié:

— Hé, Harvey, content de te voir, vieux salaud!

Harvey a souri, de son tout petit sourire:

— Content de te voir moi aussi, Roy.

L'une des grosses pelotes de laine noire me lutinait la jambe gauche. J'ai crié:

— Rappelle ton chien, Harvey, content de te voir, mon salaud!

— Aristote, ARRETE immédiatement!

Aristote a décampé, juste à temps.

Alors.

Nous avons grimpé et descendu l'escalier avec le salami, le poisson-chat aux cornichons hongrois, les crevettes. Des queues de langouste. Des croupions de colombes émincés.

On était fin prêts. Je me suis assis et j'ai attrapé une bière. J'étais le seul en cravate. Et le seul à apporter un cadeau de mariage, que je cachais entre le mur et ma jambe mâchonnée par Aristote.

— Charles Bukowski...

Debout.

— Hé, Charles Bukowski!

— Hin hin.

— Je te présente Marty.
— Salut Marty.
— Et voilà Elsie.
— Salut Elsie.
Elsie m'a demandé :
— C'est vrai ce qu'on raconte ? Vous cassez les meubles, les fenêtres, vous vous écorchez les mains, et tout et tout, quand vous êtes saoûl ?
— Hin hin.
— Vous êtes un petit peu trop vieux pour ça.
— Ecoutez Elsie, commencez pas à me faire chier...
— Et voilà Tina.
— Salut Tina.
Je me suis assis.
Encore des noms ! J'étais resté marié avec ma première femme pendant deux ans et demi. Un soir, des gens arrivent. Je dis à ma femme :
— Je te présente Louis Petit-Cul, et celle-là c'est Marie, la Reine de la Pipe Minute, lui c'est Nick le boiteux.
Puis je me tourne vers eux et je commence :
— Ma femme... ma femme... ma...
A la fin je la regarde et je dis :
— BORDEL C'EST QUOI TON NOM AU FAIT ?
— Barbara.
J'ai continué :
— Barbara... Barbara...

Le maître zen n'était pas arrivé. Je suis resté sur une chaise à téter ma bière. D'autres gens ont débarqué. A la queue leu leu sur les escaliers. Toute la famille de Hollis. Apparemment, Roy n'avait pas de famille. Pauvre Roy. Jamais travaillé de sa vie. J'ai attrapé une autre bière.

Ça continuait à déboucher par les escaliers : anciens taulards, petites frappes, culs-de-jatte et marchands de courants d'air en tout genre. Famille, amis, treize à la douzaine. Sans cadeau de mariage. Sans cravate.

Je me suis tassé dans mon coin.

L'un des types avait l'air mal barré. Il a mis vingt-cinq minutes pour grimper l'escalier. Il avait des béquilles spéciales, le truc solide avec des appuie-bras. Des poignées partout. Aluminium et caoutchouc. Rien en bois pour cézigue. J'ai tout de suite vu la scène : un bourbon trop arrosé ou un chèque bidon. Il avait pris les pruneaux assis sur la bonne vieille chaise du coiffeur avec la serviette brûlante et trempée sur la figure. Les flingueurs avaient raté de peu les points vitaux.

Puis toute la smala. Un prof de l'Université de Los Angeles. Et le type qui importait de la merde par les bateaux des pêcheurs chinois de San Pedro.

On me présentait les plus grands assassins et trafiquants du siècle.

Moi, je pointais au chômage.

Harvey s'est amené :

— Un petit scotch à l'eau, Bukowski ?

— Et comment, Harvey.

On a marché jusqu'à la cuisine.

— En quel honneur, la cravate ?

— Ma braguette a craqué. Et mon caleçon est plutôt mini, le bout de la cravate cache le paquet de poils au dessus de ma queue.

— Tu es le maître de la nouvelle moderne. Les autres ne t'arrivent pas à la cheville.

— Forcément, Harvey. Où est le scotch ?

Harvey m'a montré la bouteille.

— C'est celui-là que je bois depuis que tu l'as cité dans tes nouvelles.

— Maintenant je suis branché sur les brandys. J'en ai trouvés de fameux.

— Quelle marque ?

— Du diable si je me rappelle.

J'ai trouvé un grand verre et je l'ai rempli, moitié scotch, moitié eau.

— Bon pour les nerfs. Tu connais ?

— Evidemment.

Je l'ai vidé cul sec.

— On remet ça ?

— Tu parles !

J'ai rempli les verres et je suis revenu m'asseoir dans mon coin. Une nouvelle attraction faisait sensation : le maître zen était ARRIVE !

Le maître zen portait une espèce de robe de chambre fantaisie et plissait terriblement des yeux. A moins qu'il les ait eus comme ça au naturel.

Le maître zen a réclamé des tables. Roy a couru partout pour trouver des tables.

Le maître zen restait très calme, très affable. J'ai vidé mon verre, suis allé me resservir, et retour.

Une gamine blonde comme les blés m'a sauté dessus. Onze ans environs.

— Bukowski, j'ai lu des histoires de vous. A *mon* avis vous êtes le plus grand écrivain que je connaisse !

Boucles dans le cou, lunettes, petit corps fluet.

— Ça marche, cocotte, t'as l'âge. On va se marier et vivre avec tes sous. Je commence à fatiguer. Tu me baladeras dans une cage de verre avec des trous pour respirer, et les petits garçons pourront flirter avec toi. Moi, je regarderai.

— Bukowski ! Tu crois que je suis une fille à cause de mes cheveux ! Je m'appelle Paul ! On nous a présentés ! Tu te *souviens ?*

Le père de Paul, Harvey, ne me perdait pas des yeux. J'ai vu ces yeux, et j'ai compris : Harvey venait de décider qu'après tout je n'étais pas un si grand écrivain. Que j'étais peut-être même un mauvais. Bah, les masques finissent toujours par tomber.

Mais le fiston avait la forme :

— Ça fait rien, Bukowski ! Tu es quand même le plus grand écrivain que je connaisse. Papa m'a donné la permission de lire *certains* de tes livres...

Là-dessus, plus de lumières. Bien fait pour le môme et sa grande gueule...

On ne manquait pas de bougies. Tout le monde s'activait, trouvait des bougies, allumait des bougies.

— Merde, dis-je, les plombs ! Changez les plombs !

Quelqu'un a dit que ce n'était pas les plombs, que c'était autre chose, à la suite de quoi j'ai laissé tomber, je suis parti chercher du scotch et je suis arrivé à la cuisine dans un grand flamboiement de bougies. Manque de bol, je suis tombé sur Harvey.

— Tu as un gosse merveilleux, Harvey. Ton fils, Pierre...

— Paul.

— Excuse. Tous ces apôtres...

— J'avais compris.

(Les riches comprennent ; le problème, c'est qu'ils n'en tirent rien.)

Harvey a débouché un nouveau litre. On a parlé de Kafka, Dosto, Tourguéniev, Gogol. Tous les emmerdeurs. Maintenant il y avait des bougies partout. Le maître zen voulait commencer. Roy m'avait donné les alliances. J'ai tâté mes poches, les alliances y étaient. On n'attendait plus que nous. Moi je m'attendais à voir Harvey s'écrouler sur le tapis, à cause du scotch. Erreur. Il avait parié qu'il boirait deux fois plus que moi et il résistait ferme. Le genre de chose qui ne m'arrive pas souvent. On avait descendu une demi-bouteille pendant les dix minutes d'allumage des bougies. J'ai rendu ses alliances à Roy. Roy, quelques jours avant, avait prévenu le maître zen que j'étais un ivrogne, incontrôlable, lâche ou alors vicieux, donc, pendant la cérémonie, ne comptez pas sur Bukowski pour les alliances, on ne sait jamais où il se cache. Ou encore : Bukowski est capable de perdre les alliances, d'aller vomir ou d'oublier son nom.

Enfin, c'était parti. Le maître zen a commencé par tripoter son petit livre noir. Le livre n'avait pas l'air très lourd. Dans les cent cinquante pages, à vue de nez.

— Veuillez, dit Zen, vous abstenir de boire ou de fumer pendant la cérémonie.

J'ai sifflé mon verre, debout à la droite de Roy. Bruit de verres sifflés dans toute la pièce.

Puis le maître zen nous a gratifiés d'un petit sourire en cul de poule.

Une triste expérience m'avait dégoûté du mariage chrétien. La cérémonie zen ressemblait fortement à la chrétienne, avec deux ou trois bibelots en prime. Quelque part dans le scénario, on allumait trois bâtonnets d'encens. Zen en avait une pleine boîte, deux à trois cents. Une fois allumé, le premier bâtonnet a été fiché au milieu d'une jarre de sable. C'était le bâtonnet Zen. Puis Roy et Hollis furent invités à placer leurs bâtonnets de part et d'autre du bâtonnet Zen.

Mais quelque chose clochait. Le maître zen, avec son petit sourire, a dû s'incliner et replanter les bâtonnets à la bonne profondeur.

Puis il a sorti un collier de perles brunes.

Il a tendu le collier à Roy.

— Et maintenant ? a demandé Roy.

Je me suis dit : mince, d'habitude Roy potasse n'importe quoi. Alors pourquoi pas son propre mariage ?

Zen s'est penché en avant, a placé la main droite de Hollis dans la main gauche de Roy. Ainsi les perles s'enroulaient autour des deux mains.

— Acceptez-vous...
— Oui.

J'ai pensé : c'est ça le Zen ?

— Et vous, Hollis, acceptez-vous...
— Oui.

Pendant ce temps-là, à la lueur des bougies, un petit trou du cul prenait des centaines de photos. Ça m'a énervé. Et si c'était le F.B.I. ?

Clic ! clic ! clic !

Evidemment, on n'avait rien dans les poches. Mais cette décontraction m'échauffait.

C'est alors, à la lueur des bougies, que j'ai remarqué les oreilles du maître zen. Translucides dans la lumière, on les aurait dites taillées dans le plus fin des papiers cul.

Le maître zen avait les oreilles les plus fines que j'ai jamais vues. *Là* résidait son pouvoir. Il me *fallait* ces oreilles. Pour emporter en voyage, donner au chat ou planquer sous l'oreiller.

Bien sûr, je reconnaissais dans tout ça la voix du scotch et de la bière ; mais dans un sens, je ne reconnaissais plus rien du tout.

Je reluquais les oreilles du maître.

Qui continuait son baratin.

— ... promettez-vous, Roy, de vous abstenir de toute drogue tant que durera votre mariage avec Hollis ?

Il y a eu comme un silence gêné. Puis, les mains nouées sous les perles brunes :

— Je promets, dit Roy, de...

Tout fut vite fini. Du moins je l'ai cru. Le maître zen se tenait bien droit, tout au bout de son petit sourire.

J'ai posé la main sur l'épaule de Roy :

— Félicitations !

Puis je me suis penché vers Hollis, je l'ai prise par le cou et j'ai embrassé ses lèvres magnifiques.

Tous les autres restaient assis. Une tribu de martiens.

Tous immobiles. Les bougies luisaient, des bougies martiennes.

Je suis allé serrer la main du maître :

— Merci, c'était une belle cérémonie.

Le maître a eu l'air touché, ce qui m'a remonté le moral. Mais le reste du gang, le vieux Tammany Hall et tous les mafiosi, se croyaient trop malins pour serrer la main d'un Asiatique. Il y en eut un, pas plus, pour embrasser Hollis. Et encore un autre pour serrer la main du maître zen. On aurait dit un mariage entre *familles* prêtes à dédaigner leurs pétoires. Où j'aurais été le seul à ne pas être au parfum.

La cérémonie terminée, il y a eu comme un froid. Les gens se regardaient d'une chaise à l'autre. J'ai beau ne rien comprendre à l'esprit humain, il m'a semblé qu'on avait besoin d'un pitre. J'ai arraché ma cravate verte et je l'ai envoyée en l'air :

— HEY, BANDE DE PINES ! PERSONNE N'A FAIM ?

J'ai trotté jusqu'au buffet et je me suis mis à

picorer dans le fromage, le pied de porc-cornichons et le croupion de volaille. L'ambiance s'est déridée pesamment, quelques types ont rejoint le buffet et tapé dans les plats, histoire de s'occuper.

Je les ai laissés brouter et je suis allé me faire un scotch à l'eau.

J'étais dans la cuisine en train de me remplir un verre quand la voix du maître a retenti :

— Il faut que je parte tout de suite.

— Oooh, je vous en prie... a couiné une voix de vieille souris, une voix de femelle jaillie de la plus grosse assemblée de truands de ces trois dernières années. Même cette voix sonnait faux. Qu'est-ce que je foutais au milieu de ces charlots ? Et le prof de Los Angeles ? Non, le prof était bien dans son élément.

On devrait avoir honte. Ou n'importe quoi, histoire d'adoucir les mœurs.

Dès que j'ai entendu le maître zen se rapprocher du perron, j'ai descendu mon scotch. J'ai traversé au pas de course la pièce aux bougies où jacassaient les ringards, j'ai trouvé la porte (ça m'a pris un moment), ouvert la porte, fermé la porte, pour me retrouver... quinze pas derrière M. Zen. Encore cinquante mètres jusqu'au parking.

J'avançais en tirant des bords, mais deux fois plus vite que lui.

J'ai crié :

— Hé, maître !

Zen s'est retourné :

— Oui, mon brave...

Mon brave ?

On s'est immobilisés au clair de lune, sur cet escalier en colimaçon en plein jardin tropical, et on s'est bien regardés. C'était le bon moment pour approfondir nos relations.

Alors je lui ai dit :

— Tu as le choix : ou tu me files tes foutues oreilles, ou je prends ta sacrée robe de chambre — oui, celle-là, celle qui brille comme du néon !

— Vous êtes cinglé, mon brave !

— Je croyais que le zen était plus relax. Tu me déçois, Maître, avec tes jugements sur mesure !

Le maître a joint ses paumes et levé les yeux au ciel.

— Allez, file-moi ta sacrée robe de chambre ou tes foutues oreilles.

L'autre a gardé les paumes jointes et les yeux au ciel.

J'ai dévalé les marches, en en ratant plusieurs ; mais j'avais pris de l'élan et ça m'a évité de m'ouvrir le crâne, et une fois sur lui j'ai essayé un direct, mais j'avais trop de vitesse, comme une bagnole sans direction qui part dans le décor. Le maître m'a rattrapé et m'a remis d'aplomb.

— Mon fils, mon fils...

Nous étions nez à nez. J'ai cogné. Touché, et bien. J'ai entendu le hoquet. Il a reculé d'un pas. J'ai recogné. Raté, trop à gauche. J'ai basculé dans ces putains de plantes de contrebande. Debout, repartir à l'assaut. Et là, au clair de lune, j'ai aperçu le devant de mon pantalon, éclaboussé de sang, de vomi et de bougie fondue.

— T'as trouvé ton maître, salaud !

Je l'ai prévenu, puis j'ai marché sur lui. Il m'attendait. Des années à larbiner ne m'avaient pas complètement ramolli, j'ai frappé en visant l'estomac, avec mes cent vingt kilos dans la balance.

Il y a eu un gargouillis, puis Zen a levé au

ciel des yeux suppliants, il a baragouiné quelque chose en chinois et, très gentiment, m'a balancé une courte manchette de karaté. Il m'a laissé me dépêtrer au milieu d'un massif de cactus froidement mexicains mélangés, me sembla-t-il, à des plantes mangeuses d'homme des fins fonds de l'Amazonie. J'ai repris mon souffle au clair de lune jusqu'à ce que cette fleur violette se penche vers mon nez et me coupe le souffle avec délicatesse.

Merde, il faut cent cinquante ans pour se farcir les classiques de Harvard, ça ne me laissait pas le choix : je me suis extirpé du truc et, à plat ventre, j'ai regrimpé les escaliers. Une fois au sommet, je me suis relevé, j'ai poussé la porte et je suis entré. Personne n'a fait attention à moi. Toujours pris par leur bla-bla-bla. Je me suis écroulé dans mon coin. La manchette de karaté m'avait ouvert l'arcade gauche et j'ai cherché mon mouchoir.

J'ai braillé :

— Merde, à boire !

Harvey s'est pointé avec un verre. Pur scotch. J'ai tout sifflé. Pourquoi le gazouillis d'êtres humains qui bavardent paraît-il aussi creux ? La bonne femme qu'on m'avait présentée comme la mère de la mariée montrait maintenant un bon morceau de cuisse et ça se présentait bien, tout ce nylon monté sur talons aiguilles de luxe, sans compter le petit bijou du côté des orteils. De quoi faire bander le roi des cons, et j'étais à moitié con, pas plus.

Je me suis levé, j'ai marché jusqu'à la belle-mère, je lui ai retroussé la robe sur les cuisses, embrassé vite fait ses jolis genoux, puis mes lèvres ont commencé à remonter.

Les bougies faisaient mon affaire. Le reste aussi.

— Hé! (Elle s'est réveillée en sursaut.) Keske vous *faites*?

— Je vais te baiser jusqu'à l'os, je vais te baiser jusqu'à ce que la merde te sorte du cul! Keske t'en dis?

La belle-mère m'a repoussé et je suis tombé à la renverse sur le tapis. Je me suis retrouvé à plat dos, en train de gigoter pour me remettre d'aplomb.

— Bon dieu d'Amazone!

Enfin, après quatre à cinq minutes d'efforts, j'ai réussi à me relever. Quelqu'un s'est marré. Puis, retrouvant le pied marin, je me suis tiré dans la cuisine. Rempli un verre, sifflé le verre. Puis un autre, et je suis ressorti.

En plein dedans : une vraie réunion de famille.

J'ai demandé :

— Roy, Hollis! Vous ne regardez pas votre cadeau?

— Mais oui, a dit Roy, pourquoi pas?

Il y avait cinquante mètres de papier d'argent autour du cadeau. Roy déroulait le papier. Ça lui a pris un moment.

J'ai crié :

— Vive la mariée!

Tout le monde a regardé, dans un grand silence.

C'était un petit cercueil en bois, fignolé par le roi des menuisiers d'Espagne. Tout y était, même le rembourrage en feutre mauve. C'était la réplique exacte d'un cercueil grandeur nature, à cela près qu'il avait été bricolé avec beaucoup d'amour.

Roy m'a lancé un regard meurtrier, il a arraché la notice («comment garder le bois brillant»), l'a jetée dans le cercueil, puis a refermé le couvercle.

Grand silence. On n'appréciait pas l'unique cadeau. Les groupes se sont reformés et le bla-bla a repris de plus belle.

Je n'ai plus rien dit. J'étais très fier de mon petit cerceuil. J'avais gambergé des heures avant de le trouver, de quoi piquer une crise. Puis je l'avais aperçu, tout seul sur son rayon. Je l'avais tripoté, retourné dans tous les sens, soulevé le couvercle. On en demandait un bon prix, à cause de la main d'œuvre, du bois, des petites charnières et tout. Ce jour-là, j'avais aussi besoin d'une bombe pour les fourmis, et j'avais trouvé du flytox au fond de la boutique. Les fourmis avaient fait leur nid sous ma porte d'entrée. La fille derrière le comptoir n'était pas vieille, j'ai posé le flytox devant elle et j'ai désigné le cerceuil.

— Vous savez ce que c'est ?
— Hein ?
— C'est un cerceuil.

J'ai soulevé le couvercle.

— Les fourmis, ça me rend cinglé. Vous savez ce que je vais faire ?
— Hein ?
— Je vais tuer *toutes* les fourmis, les flanquer dans ce cerceuil et les enterrer !

La fille a rigolé :

— Des types comme vous, on n'en rencontre pas tous les jours !

Les jeunes d'aujourd'hui, difficile de les faire marcher. C'est une autre race, supérieure. J'ai payé et je suis sorti...

Mais là, au mariage, personne ne rigolait. Une cocotte-minute avec un ruban rouge aurait fait leur bonheur. Enfin, je m'avance peut-être.

Harvey, le riche, était finalement le plus gentil de toute la bande. Peut-être parce qu'il en avait les moyens. Je me suis rappelé une phrase que j'avais lue, un aphorisme de vieux Chinois :

— *Désirez vous être riche ou bien artiste ?*
— *Je désire être riche, parce que l'artiste s'asseoit toujours sur le perron du riche.*

Je me suis remis à ma bière et j'ai oublié l'incident. La fête s'est terminée, je ne sais plus comment. Je me suis retrouvé sur la banquette arrière de ma voiture, avec Hollis au volant et la barbe de Roy sous le nez. Je me suis remis à ma bière.

— Hé les mecs, vous n'avez pas jeté mon petit cercueil ? Je vous aime bien, tous les deux ! Pourquoi avez vous jeté mon petit cercueil ?

— Ecoute, Bukowski, le voilà ton cercueil !
Roy me l'a mis sous le nez.

— Ah, tant mieux !
— Tu veux que je te le rende ?
— Non non ! c'est un cadeau, ton seul cadeau ! Garde-le, tu me feras plaisir !
— D'accord.

Le reste du trajet a été remarquable de silence. J'habitais une petite rue sur le boulevard pas loin d'Hollywood (évidemment). Pas moyen de se garer. Hollis a déniché une place à cent mètres de chez moi et garé la bagnole. On m'a tendu mes clefs. Je les ai vus traverser la rue, jusqu'à leur bagnole à eux. Je les ai suivis des yeux, j'ai fait un pas et je les regardais encore, ma bouteille à la main, quand je me suis pris le pied dans mon pantalon. Mon premier réflexe, en tombant, a été d'empêcher cette bonne bouteille de cogner le ciment (maman et bébé) et, comme je tombais sur le dos, d'atterrir sur les épaules en tenant haut la tête et la bouteille. J'ai sauvé la bouteille mais pas la tête, qui s'est farci le trottoir. BONG !

Les deux autres se sont arrêtés et m'ont regardé tomber. J'étais sonné, au bord de l'inconscience, mais j'ai réussi à me faire entendre :

— Roy ! Hollis ! Ramenez-moi à ma porte, j'ai mon compte !

Ils ont regardé le spectacle pendant un moment, puis ils sont montés dans leur tire, ils ont mis le contact et démarré sur les chapeaux de roues.

Roy et Hollis m'avaient rendu la monnaie de ma pièce. Mais de quelle pièce ? Le cercueil ? Bref, j'avais rempli mon contrat (prêter ma bagnole, faire le clown et/ou le témoin...) et j'étais bon à jeter. L'humanité m'a toujours écœuré. Et ce qui m'écœure le plus, tout le cirque des familles, y compris le mariage, j'ai le pouvoir et je te protège, et de fil en aiguille cette lèpre gagne du terrain : le voisin de palier, de trottoir, du quartier, de la ville, du département, de la nation, chacun se raccroche au cul de l'autre, pétant de trouille et de connerie comme une abeille au fond de son gâteau de miel.

Voilà à quoi je pensais, dans mon caniveau, où ils m'avaient laissé brailler.

Je me disais : encore cinq minutes. Si je peux rester là encore cinq minutes, sans qu'on m'emmerde, je pourrai me relever et rentrer chez moi. Le dernier des hors-la-loi, c'était moi, Billy the Kid pouvait aller se rhabiller. Encore cinq minutes. Que je rentre seulement dans mon antre, je ne recommencerais pas. La prochaine fois qu'ils viendront me chercher pour *leur* cirque, je leur dirai d'aller se faire foutre. Cinq minutes. Pas plus.

Deux bonnes femmes passaient. Elles se sont retournées sur moi.

— Oh, regarde ! Il va pas bien ?

— Il est saoul !

— Il est malade, non ?

— Non. Regarde-le s'accrocher à sa bouteille. On dirait un petit bébé.

Et merde. Je leur ai crié :

— JE VAIS VOUS SUCER JUSQU'A L'OS ! JE VAIS VOUS SUCER JUSQU'A L'OS, CONNASSES !

— Ooooooh !

Les deux bonnes femmes ont cavalé à l'intérieur de leur tour de verre. De l'autre côté d'une porte de verre. Moi je suis resté dehors, pas fichu de me relever, témoin de pas grand-chose. J'avais juste à rentrer chez moi, à trente mètres, pas plus de trois millions d'années-lumière. Encore deux minutes et j'arriverais à me lever. Plus j'essayais, mieux je me sentais. Un vieux pochard est capable de tout, si on lui laisse le temps. Une minute, encore une minute. J'y serais certainement arrivé.

Là-dessus les voilà qui débarquent. Les petits tarés de la grande famille mondiale. Les dingues, ceux qui ne se posent pas vraiment de questions. Ils ont laissé clignoter leur lumière rouge en se garant. Ils sont sortis. Le premier avec une lampe de poche.

— Bukowski, a dit le flic à la lampe de poche, tu continueras toujours à faire le malin, pas vrai ?

Il connaissait mon nom, depuis d'autres temps, d'autres histoires.

— Ecoutez, je viens de trébucher. De me faire mal à la tête. Je ne perds jamais mon sang-froid, je ne suis pas fou. Je ne suis pas dangereux. Aidez-moi à rentrer chez moi, c'est à trente mètres. Posez-moi sur mon lit et laissez-moi dormir. Vous ne croyez pas que c'est la meilleure chose à faire. ?

— Monsieur, deux dames se sont plaintes d'une tentative de viol.

— Messieurs, je n'essayerais *jamais* de violer deux dames à la fois.

Le flic me braquait sa lampe dans la figure. Il en tirait un profond sentiment de supériorité.

— La liberté à trente mètres. Vous comprenez ça, les gars ?

— Tu es l'attraction du coin, Bukowski. T'as rien d'autre comme alibi ?

— Ben, voyons... ce truc qui rampe sur le pavé, sous vos yeux, est le résultat d'un mariage, d'un mariage zen.

— T'as trouvé une femme qui voulait se *marier* avec toi ?

— Pas avec *moi,* connards...

Le flic à la lampe de poche me l'a flanquée sous le nez.

— Un peu de respect pour les représentants de la loi.

— Excusez, j'avais oublié.

Le sang me dégoulinait le long du cou, sur la chemise. J'en avais marre, marre de tout.

— Bukowski, pourquoi fais-tu toujours le malin ?

— Laissez tomber, dis-je, emmenez-moi en taule.

Les flics m'ont passé les menottes et m'ont jeté sur la banquette arrière. Je connais la musique.

Ils roulaient à petite vitesse, en causant d'un tas de trucs débiles — comme quoi il fallait agrandir la porte d'entrée, ou construire une piscine, ou une chambre dans le fond pour Mémé. On est passés aux sports — c'étaient des *vrais* hommes, eux —, les Dodgers avaient des chances malgré deux ou trois équipes qui leur tannaient le train. Retour à la grande famille (quand les Dodgers gagnaient, eux aussi). Quand un homme marchait sur la Lune, *ils* marchaient sur la Lune. Mais qu'un miséreux leur demande trois sous, alors là plus rien, va te faire foutre, merdeux. Je précise ; quand ils sont en civil. On n'a jamais vu un miséreux demander trois sous à un flic.

Je me suis retrouvé en cabane. Après être passé à trente mètres de chez moi. Après avoir été le seul être humain dans une baraque pleine à craquer.

Et me voilà, une fois n'est pas coutume, au banc des réprouvés. Les jeunes mecs n'avaient aucune idée de ce qui les attendait. Ils avaient le crâne farci de mots dans le genre CONSTITUTION et DROITS DU CITOYEN. Les jeunes flics, d'habitude, se faisaient la main sur les pochards. Pour bien montrer qu'ils en avaient. Sous mes yeux, ils ont poussé un type dans l'ascenseur et ils l'ont fait monter descendre, monter descendre, et quand le type est ressorti on a eu du mal à le reconnaître (un noir qui piaillait je ne sais quoi sur les Droits de l'Homme). Puis ils se sont fait un blanc, qui piaillait je ne sais quoi sur les DROITS DU CITOYEN ; ils s'y sont mis à quatre ou cinq et l'ont fait valser si vite que ses pieds décollaient, ils l'ont ramené et adossé contre le mur, et l'autre est resté là à trembler, le corps couvert de traînées rouges, il est resté à trembler jusqu'aux cheveux.

J'ai eu droit à la photo, une fois de plus. Empreintes des dix doigts, une fois de plus.

Ils m'ont descendu à la cellule des pochards. Le seul problème à été de me dénicher un coin de plancher au milieu des 150 pensionnaires. Un seul chiottard. Du vomi partout, de la pisse. J'ai réussi à me caser. Moi, Charles Bukowski, la vedette du rayon littérature de l'Université de Californie à Santa Barbara. Là-bas on me prenait pour un génie. Je me suis allongé sur les planches, une voix m'a parlé, une voix de gamin.

— M'sieur, pour cent balles je te la suce !

Au greffe ils te piquaient tout, clefs, papiers, fric, couteau, etc., sans compter les cigarettes, et te filaient un reçu. Pourtant on trouvait toujours du fric et des cigarettes qui traînaient.

— Désolé mon gars, ils m'ont vidé les poches.

Au bout de quatre plombes, j'ai réussi à m'endormir.

Dans ce trou.

Témoin à un mariage zen, et je parie que la fille ne s'est même pas fait baiser cette nuit-là. Moi si.

CONS COMME LE CHRIST

Il fallait être trois pour soulever la masse de caoutchouc et la charger dans la machine, et la machine la moulait par séries, la machine chauffait, moulait et crachait ses merdes : pédales de vélo, bonnets de bains, bouillottes... Il fallait faire gaffe car on risquait toujours d'y laisser un bras, et les lendemains de cuite on se paniquait particulièrement sur cette histoire de bras. Il y avait eu deux accidents en trois ans : Durbin et Peterson. Durbin a fini à la comptabilité — on l'apercevait sur sa chaise, là-bas, avec sa manche flasque. Peterson a reçu un balai et une éponge, et il récurait les chiottes, vidait les corbeilles, remplaçait le papier cul, etc. Tout le monde disait que Peterson s'en sortait très bien avec un seul bras.

Ce jour-là, les huit heures tiraient à leur fin. Dan Skorski donnait un coup de main au dernier chargement. Huit heures de boulot avec une des plus belles gueules de bois de sa carrière. Les minutes avaient duré des heures, les secondes avaient duré des minutes. A chaque fois qu'il regardait en l'air il voyait les cinq types assis là-haut sur la galerie. A chaque fois il croisait ces dix YEUX qui le regardaient.

Dan a fait un pas vers la pointeuse au moment où un type extrêmement mince, tourné comme un cigare, arrivait. Le cigare se déplaçait sans que ses pieds touchent le sol. Le cigare s'appelait M. Blackstone. Il a demandé à Dan :

— Où diable courez-vous comme ça ?
— Dehors, mon vieux.
— HEURE SUPPLEMENTAIRE, a dit M. Blackstone.
— Hein ?
— J'ai dit : HEURE SUPPLEMENTAIRE. Vous voyez bien qu'il faut déménager ça tout de suite !

Dan voyait bien. Aussi loin qu'on regardait, il y avait des tas et des tas de caoutchouc pour les machines. Le pire, avec l'heure supplémentaire, c'est qu'elle ne durait jamais une heure. Parfois deux, ou cinq. Impossible de savoir à l'avance. Juste le temps de cavaler au lit, de s'allonger, puis de se relever et de rappliquer pour gaver la machine à caoutchouc. On n'en voyait jamais le bout. Il restait *toujours* du caoutchouc, *toujours* des consignes, *toujours* des machines. Le bâtiment entier suintait, vomissait, éjaculait le caoutchouc, des himalayas de caoutchouc, et plus ça caoutchoutait plus les cinq types sur la galerie là-haut se remplissaient les poches.

— Retournez au TRAVAIL ! a dit le cigare.
— Non, ça suffit. Je n'arrive même plus à soulever une chambre à air.
— Et ce paquet, là ? Il va sortir tout seul ? On nous livre demain, il faut faire de la place !
— Agrandissez l'usine, embauchez des gens. Vous usez les types jusqu'à la corde. Regar-

dez-les : la cervelle molle comme une éponge !
Ils ont même oublié où ils sont, REGARDEZ-LES ! Regardez-les, ces pauvres ringards !

C'était vrai. Les ouvriers n'étaient plus tout à fait des hommes. Ils avaient des yeux de cinglés, glauques, vitreux. Ils ricanaient sans raison et s'envoyaient des vannes toute la journée. On leur avait passé l'âme au concasseur. On les avait assassinés.

— Ce sont de braves gens, a dit le cigare.

— Sûr et certain. La moitié de leur salaire part en impôts ; l'autre moitié est pour la nouvelle bagnole, la télé couleur, la bonne femme et trente-six sortes d'assurances.

— De deux choses l'une, Skorski : ou vous faites votre heure supplémentaire comme tout le monde, ou vous prenez la porte.

— O.K., Blackstone, je prends la porte.

— J'ai une furieuse envie de ne pas vous payer.

— Conseil des Prudhommes.

— On vous enverra votre chèque.

— Parfait. Et perdez pas de temps.

En sortant du bâtiment, Skorski se sentait libre et émerveillé comme toujours quand il se tirait ou qu'il se faisait virer. Il quittait cette boîte, et eux avec (« Tu as trouvé un toit, Skorski, tu verras, c'est vraiment une bonne boîte ! » Le boulot avait beau être chiant, les prolos disaient toujours ça.)

Skorski s'est arrêté chez le marchand de vin pour acheter une bouteille de Jim Beam, puis il a repris sa route. C'était une soirée tranquille, il a vidé la bouteille, puis il s'est couché et s'est endormi comme un bienheureux, pour la première fois depuis des années. Pas de sonnerie de 6 h 30 qui vous expédie pour des prunes dans le maelström bestial.

Dan a émergé à midi, s'est levé, a pris 2 Alka-seltzers, et il est sorti regarder dans la boîte aux lettres. Il y avait du courrier.

Cher M. Skorski,
Nous sommes de vieux admirateurs de vos nouvelles et de vos poèmes, et votre dernière exposition à l'Université de N. nous a fait la meilleure impression. Nous disposons d'un poste de rédacteur, chez WorldWay Books. *Vous nous connaissez très certainement de réputation: nos publications sont diffusées en Europe, en Afrique, en Australie, et jusqu'en Extrême-Orient. Attentifs à vos travaux depuis plusieurs années, nous nous souvenons fort bien de* LAMEBIRD, *cette petite revue des années 1962-63, où vous témoigniez d'un goût très sûr quant au choix des textes et de la poésie. Nous estimons que vous avez votre place ici, dans notre staff rédactionnel. Ensemble nous pouvons faire du bon travail. Vos appointements de départ se monteraient à deux cents dollars par semaine, et je me permets d'ajouter que nous serions très honorés de votre collaboration. Si cette proposition vous intéresse, veuillez nous contacter au 886.37.56. Nous vous enverrons un mandat couvrant vos frais de déplacement par avion et vos frais.*
Votre respectueux

D.R. Signo
Directeur
WorldWay Books, Inc.

Dan s'est bu une bière, a mis deux œufs sur le réchaud et il a téléphoné à Signo. On aurait dit que la voix de Signo sortait d'un tube d'acier. Mais ce type avait publié les meilleurs écrivains du moment. Au téléphone, il parlait sans façons.

— Vous avez vraiment besoin de moi ? a demandé Skorski.

— Absolument. Vous avez lu la lettre ?

— Alors d'accord, envoyez le mandat et j'arrive.

— Le mandat est en route. Nous vous attendons.

Signo a raccroché, le premier. Dan a éteint le réchaud, s'est recouché et a dormi deux heures de plus...

Dans l'avion pour New York, ça n'a pas marché très fort. A cause de l'avion — c'était son baptême de l'air —, à cause de la voix de Signo au bout de son tube d'acier. Du caoutchouc à l'acier. Probable que Signo était très occupé. Ça devait être ça. Il y a des gens très très occupés, toujours. Bref, quand Skorski est monté dans l'avion, tout allait bien et il avait même une fiole de Jim Beam. A mi-parcours il avait tout sifflé, et il a demandé des drinks à l'hôtesse. L'hôtesse lui servait un drôle de truc (une mixture mauve et sucrée qui se mélangeait mal au Jim Beam). Bientôt Dan s'est mis à haranguer les passagers, comme quoi il était Rocky Graziano, l'ancien boxeur. Au début les gens se marraient, mais ils se sont calmés avec la suite :

— Ouais, c'est moi Rocky, Rocky le Dur, le roi du K.O. minute ! De la pêche, du punch ! Et comment que je les ai fait hurler, les foules !

Dan s'est senti mal et il a cavalé aux chiottes. En gerbant il s'en est mis plein les chaussures et il a retiré chaussures et chaussettes, lavé les chaussettes, et il est ressorti pieds nus.

Il a mis les chaussettes à sécher, rangé les chaussures, et oublié où.

Dan arpentait la cabine, pieds nus.

— M. Skorski, a dit l'hôtesse, veuillez regagner votre siège !

— Graziano. Le Dur. Quel est le crétin qui m'a planqué mes grolles ? Gaffe, les mecs !

Quand il a vomi au milieu du couloir, une vieille lui a sifflé au nez comme un cobra.

— M. Skorski, a dit l'hôtesse, je vous prie de regagner votre place !

Dan lui a pris le poignet.

— Toi, je t'aime bien. Je crois bien que je vais te violer ici, dans cette carlingue. Tu t'imagines ? Violée en plein ciel ! Tu vas ADORER ça ! Rocky Graziano, l'ancien boxeur, viole une hôtesse dans le ciel de l'Illinois ! Amène-toi !

Dan lui a pris la taille. La fille avait un visage intolérable, blême et borné ; jeune, fermé et laid. Le Q.I. d'une mésange et pas de loches. De l'énergie à revendre, par contre ; elle s'est dégagée et a cavalé au poste de pilotage. Dan a lâché une petite gerbe et il est allé se rasseoir.

Arrivée du copilote, avec ses grosses fesses, sa lourde mâchoire, son pavillon de banlieue deux étages, ses quatre gosses et sa bonne femme cinglée.

— Salut l'ami ! a dit le copilote.

— Ouais, taré !

— Alors, on fait du grabuge ? Levez-vous !

— Du grabuge ? C'est quoi ça ? Dis donc, l'homme de l'air, tu serais pas un peu pédé, par hasard ?

— Je vous dis de vous lever.

— La ferme, taré ! J'ai payé ma place !

Grosses fesses a empoigné la ceinture de

sécurité et il a ficelé Dan sur son siège avec le mépris calme et menaçant des costauds, et toute la finesse d'un éléphant occupé à arracher un baobab avec sa trompe.

— Maintenant, vous ne BOUGEZ PLUS !

— J'suis Rocky Graziano, a crié Dan au copilote qui était déjà retourné aux commandes.

En passant devant Skorski, l'hôtesse l'a vu tout empêtré dans ses ficelles et elle a couiné nerveusement.

— Je vais te montrer mon GROS BATON !

La vieille a poussé son sifflement de cobra.

A l'aéroport, toujours pieds nus, Dan a pris un taxi pour le Village. Il a trouvé une piaule sans problème et un bar sympa au coin de la rue. Il a passé la nuit au bar à picoler et personne n'est venu l'emmerder à cause de ses pieds. Personne même n'a fait attention à lui ou ne lui a parlé. Il était à New York, et pour de bon.

Même chose, le lendemain matin, quand il est allé acheter des chaussures et des chaussettes. Il est entré dans la boutique avec ses pieds à l'air : aucune réaction. Cette ville-là avait vécu des siècles, elle était blasée au-delà de tout.

Au bout de deux jours, Dan a appelé Signo.

— Vous avez fait bon voyage, M. Skorski ?

— Pas mal.

— Ecoutez, je déjeune en ce moment chez Griffo, à deux pas de WorldWay. On se voit ici dans une demi-heure ?

— Quelle adresse ?

— Dites au taxi : « Chez Griffo », ça suffit.

Signo a raccroché, le premier. Et Dan s'est pointé chez Griffo. Il est entré et s'est planté devant la porte. Il y avait cinquante personnes dans le restau. Laquelle était Signo ?

Une voix a crié :

— Skorski, par ici !

Une table. Signo, et un autre type. En train de boire des coktails. Quand Dan s'est assis, le garçon s'est amené et lui a posé un cocktail sous le nez.

Diable, a pensé Dan, nous y revoilà.

— Comment m'avez-vous reconnu ?
— Pas difficile.

Signo ne regardait jamais les gens dans les yeux, mais toujours au-dessus de leur tête, comme s'il attendait un télégramme, un vol d'hirondelles dans la pièce ou une flèche au curare soufflée par un Jivaro.

— Bizarre, a dit Signo.
— En effet, a dit Dan.
— Non, voici M. Bizarre, un de nos directeurs de collection.
— Bonjour, a dit Bizarre, j'ai toujours beaucoup aimé ce que vous faites.

Bizarre fonctionnait dans l'autre sens : il regardait par terre sans arrêt comme s'il s'attendait à une giclée de pétrole, au surgissement d'une scie circulaire ou à une invasion de cafards pétés à la bière. Plus personne ne parlait. Dan a fini son cocktail et les a attendus. Les deux autres buvaient leur alcool à petites gorgées, peinards, comme de l'eau minérale. Après une seconde tournée, ils ont conduit Dan chez l'éditeur.

On lui a montré son bureau. Chaque bureau était séparé des autres par des sortes de cloisons en verre dépoli. Pas question de voir au travers. Au fond du bureau, une porte en verre dépoli, fermée. On pressait un bouton, une quatrième cloison coulissait par devant et on se retrouvait tout seul. On aurait pu baiser une secrétaire ni vu ni connu. Une des filles lui avait souri. Quel châssis, bon dieu ! Un paquet de chair frémissante et bien taillée, qui ne demandait qu'à se faire baiser, et ce sourire... un vrai supplice chinois.

Dan tripotait un pied à coulisse sur sa table. C'était un truc pour mesurer les micas, ou les picas, enfin bref. Dan n'avait aucune idée de son maniement, il s'amusait juste avec. Trois quarts d'heure ont passé. La soif s'est fait sentir. Dan a ouvert la porte derrière lui et il s'est engagé dans l'enfilade des burlingues, entre leurs cloisons dépolies. Dans chaque case il y avait un type. Les uns étaient au téléphone, d'autres manipulaient des papelards, et tous avaient l'air très au courant. Dan a trouvé le chemin de chez Griffo. Il s'est assis au comptoir et a vidé deux verres. Retour au bureau. Sa chaise, le pied à coulisse. Une demi-heure passe, il se lève et redescend chez Griffo. Trois verres de plus. Retour au pied à coulisse. Aller-retour chez Griffo. Il a perdu le compte. Mais en fin d'après-midi, comme il remontait l'enfilade des burlingues, tous les rédacteurs ont poussé leur bouton et les cloisons lui sont tombées devant le nez ; clic, clic, clic, et tout le long jusqu'à son bureau. Une seule vitre est restée ouverte. Dan s'est arrêté devant le type, un gros en fin de parcours, avec un cou gras et mou où plissaient les chairs et une figure boursouflée comme ces ballons de plage pour gosses avec des Mickeys en décalcomanie. Le type n'avait pas remarqué Dan. Il fixait le plafond juste au-dessus de sa tête, il avait l'air furibard — d'abord très rouge, puis tout blanc, et de plus en plus décomposé. Dan a regagné son bureau, pressé son bouton et s'est bouclé comme les autres. On a frappé à la porte. Il a ouvert. C'était Signo, les yeux en l'air.

— Nous n'avons plus besoin de vous.
— J'aurai des frais de retour.
— Il vous faut combien ?
— 175 dollars feraient l'affaire.

Signo a griffonné un chèque de 175 dollars, l'a jeté sur le bureau et s'est tiré.

Plutôt que de retourner à Los Angeles, Skorski a mis le cap sur San Diego. Ça faisait une paye qu'il n'avait pas été aux courses à Caliente. Dans le temps il avait réussi un couplé. Il se sentait capable de ramasser un petit six contre un sans se farcir trop de combinaisons. Il se rabattrait sur une courte distance avec handicap où les mises rapportaient gros.

Il n'a pas bu une seule goutte dans l'avion, a passé la nuit à San Diego et pris un taxi pour Tijuana. Il a changé de taxi à la frontière et le chauffeur mexicain lui a trouvé un hôtel correct dans le centre. Dan a rangé ses affaires dans le placard de sa chambre et il est sorti en tournée d'inspection. Il devait être 6 heures du soir et le soleil peignait en rose la misère et la faim de Tijuana.

Pauvres types, assez près des Etats-Unis pour parler la langue des gringos et apprécier leur pourriture, mais incapables de grappiller ne serait-ce qu'une miette du gâteau, comme le poisson pilote collé au ventre du requin.

Dan a déniché un bar et commandé une tequila. Le juke-box crachait des airs locaux. Quatre ou cinq types étaient attablés devant des bouteilles. Pas une femme dans le coin. A Tijuana, les femmes n'étaient pas un problème et la dernière chose dont il avait envie, c'était bien d'une chatte en chaleur qui l'asticote. Les femmes s'en tiraient toujours. Il y a mille manières de faire craquer un homme. Quand il aurait décroché le couplé de Caliente et cinquante ou soixante mille dollars, il se trouverait un petit coin sur la côte, entre San Diego et Los Angeles, et alors il achèterait une machine à écrire électrique et il sortirait ses pinceaux, boirait du vin français et s'offrirait de longues marches sur la plage toutes les nuits. Dans la vie on s'amuse ou on se barbe, il suffit d'une petite chance, et Dan sentait venir une petite chance. Le Livre, le Grand Livre des Comptes, lui devait bien ça...

Il a demandé au garçon quel jour on était et le garçon a dit : « Jeudi ». Deux jours à attendre, on ne courait pas avant samedi. Le garçon aussi attendrait deux jours avant que les masses américaines ne passent la frontière pour un week-end de délire, après cinq jours d'enfer. Tijuana les soignait, Tijuana soignait leurs dollars. Les Américains ne savaient pas à quel point les Mexicains les détestaient. Aveuglés par les dollars, les Américains couraient dans les rues de Tijuana comme dans une ville conquise, toutes les femmes étaient des coups possibles et les flics des guignols de bande dessinée. Les Américains avaient oublié qu'ils avaient gagné des guerres contre le Mexique. Pour eux, c'était de l'histoire ancienne ; pour les Mexicains, la réalité de tous les jours. Il ne faisait pas bon être Américain dans un bar mexicain un jeudi soir. Les Américains avaient même pourri les corridas. Les Américains pourrissaient tout.

Dan a commandé une seconde tequila.

— Une jolie fille, señor ? a dit le garçon.

— Merci l'ami. Tu sais, j'écris des bouquins. Je m'intéresse plus à l'humanité en général qu'aux petites chattes en particulier.

Dan faisait le malin et il s'est senti piteux. Le garçon s'est éloigné.

L'endroit était tranquille. Dan a picolé et écouté de la musique mexicaine. Ça faisait du bien de sortir un peu des Etats-Unis. De s'asseoir dans ce bar, d'écouter et de sentir les racines d'une autre culture. Drôle de mot, ça, culture. Bref, ça faisait du bien.

Dan a siroté pendant quatre ou cinq heures, personne n'est venu le faire chier et il n'a fait chier personne, il est parti un peu pété et il est remonté dans sa chambre, il a levé le store, debout face à la lune mexicaine, puis il s'est allongé en se sentant sacrément d'accord avec la vie et il s'est endormi...

Le lendemain matin, Dan est tombé sur un café qui servait des œufs au jambon et des haricots grillés. Le jambon était coriace, le café infect et les œufs carbonisés sur les bords, mais Dan était content. L'endroit était désert, et la serveuse grasse et bornée comme une carpe, du genre à n'avoir jamais mal aux dents, n'être jamais constipée, ne jamais penser à la mort et juste un peu à la vie. Dan a repris un café et allumé une de ces cigarettes mexicaines trop sucrées. Les cigarettes mexicaines brûlaient d'une drôle de façon, *chaudes* tout du long comme un être vivant.

Il n'était pas plus de midi et trop tôt pour le bar, et pourtant il fallait patienter jusqu'à samedi et il n'avait pas de machine à écrire. Dan écrivait directement à la machine. Au stylo, rien à faire. Il aimait le mitraillage du clavier, et ça sortait mieux.

Skorski est retourné dans son bar. Musique mexicaine dans le juke-box et quatre ou cinq types attablés, toujours les mêmes. Le garçon s'est amené avec une tequila et une mine plus sympa que la veille. Ces cinq bonshommes avaient peut-être des histoires à raconter. Dan se rappelait quand il allait s'asseoir tout seul dans les bars noirs de Central Avenue, bien avant que la cause des noirs devienne à la mode chez les intellectuels et un gadget pour draguer. Il discutait avec les noirs et décrochait vite fait parce que les noirs parlaient et pensaient à peu près comme les blancs : beaucoup trop matérialistes. Dan se beurrait et finissait par s'écrouler à travers les tables, et personne ne l'avait assassiné à une époque où il avait une sacrée envie de se faire buter, l'époque où la mort était le seul endroit potable.

Maintenant, il y avait le Mexique.

Dan s'est pinté sans faiblir et s'est mis au juke-box. Il ne comprenait pas grand-chose aux paroles des chansons mexicaines. L'éternelle guimauve romantique à la con.

Comme il s'ennuyait, il a demandé une fille. Elle est venue s'asseoir à côté de lui, un tantinet plus décrépite qu'il aurait cru. Une dent en or éclairait sa mâchoire et il n'avait aucune envie, aucune, de baiser avec. Il a filé cinq dollars à la fille et lui a dit très gentiment (d'après lui) de se barrer. La fille s'est barrée.

Encore une tequila. Les cinq types à leur table et le garçon le reluquaient. Il faut que je comprenne ! Ces gens ont *forcément* une âme. Comment peuvent-ils rester avachis à ce point-là ? On dirait des larves dans leur cocon, des mouches qui tournicotent dans un rayon de soleil.

Skorski est allé glisser plusieurs pièces dans le juke-box. Puis il s'est mis à danser. Les autres se marraient et poussaient des hurlements. Le moral est remonté : un peu de vie, enfin !

Dan a continué de danser en rechargeant le juke-box. Les types se sont vite fatigués et ils l'ont regardé sans un mot. Dan vidait tequila sur tequila, il a payé des coups aux cinq muets, il a payé des coups au garçon et le soleil s'est couché et la nuit s'est glissée comme un vilain chat noir sur les genoux de Tijuana. Dan dansait toujours. Il se pétait la tête, le pauvre vieux, mais tout allait bien. Enfin le grand choc. Revoilà Central Avenue, en plein 1955. Il allait bien. Il arrivait toujours le premier, avant que les ringards viennent foutre leur merde.

Il a même joué à la corrida, avec une chaise et le torchon du garçon...

Dan Skorski s'est réveillé dans le jardin public, la «plaza», assis sur un banc. C'est le soleil qui l'a frappé. Bien, le soleil. Puis il a remarqué la paire de lunettes, accrochée derrière une de ses oreilles. On avait fait sauter un verre, qui tenait encore à la monture par un petit fil de soie. Dan a tendu la main pour le prendre, le fil a cassé et le verre est tombé, tombé après toute une nuit au bout de son fil, il est tombé sur le ciment et s'est brisé.

Dan a décroché ce qui restait des lunettes et l'a mis dans sa poche de chemise. Puis vint le geste inutile par excellence, il le SAVAIT, le geste nul... pourtant il FALLAIT le faire, histoire de vérifier.

Il a tendu la main vers sa sacoche.

Le trou. La sacoche avait disparu et les fafiots avec.

Un pigeon lui est passé sous le nez en se dandinant comme un bon à rien. Dan détestait depuis toujours la façon dont ces enculés tortillaient du cou en marchant. Les pauvres cons ! Cons comme les filles quand elles sont connes, comme des patrons cons, des présidents cons et des Christs cons.

Conne aussi cette histoire qu'il n'avait jamais réussi à raconter. La nuit où il s'était beurré quand il habitait ce bled avec des LUMIERES ROSES. Ils avaient installé une petite cabine de verre au milieu du parc et dans la cabine un Christ grandeur nature, à l'air triste et patraque, qui regardait ses pieds... LA LUMIERE ROSE BRILLAIT SUR SON FRONT.

Ça l'a fait chier. Un soir, à l'heure où les vieilles dames au frais dans le parc admiraient leur Christ rose, Skorski, déjà bien imbibé, s'était invité et mis au boulot. Il fallait délivrer Jésus de la cage de plexiglas. Pas si facile. Un type s'était pointé au pas de course :

— Mais enfin, monsieur !

— J'veux juste sortir cet enculé de sa cage ! T'es contre ?

— Désolé monsieur, mais on a prévenu la police.

Dan avait laissé tomber Jésus et mis les bouts.

La route avait été longue jusqu'à cette plaza du bout du monde.

Un petit garçon est venu lui gratter les genoux. Tout en blanc, avec des yeux magnifiques. Dan n'avait jamais vu des yeux pareils.

— Tu veux baiser ma sœur ? a demandé le gosse. Elle a douze ans.

— Non, pas maintenant, pas aujourd'hui.

Le petit garçon s'est éloigné la tête basse, tout triste. Il avait raté son coup, et Dan a eu de la peine pour lui.

Puis il s'est levé et il est sorti de la plaza. Pas vers le Nord, et le pays de la Liberté. Vers le Sud, droit au cœur du Mexique.

D'autres petits garçons lui ont jeté des pierres, sur les chemins boueux du bout du monde.

Ça n'avait pas d'importance. Cette fois au moins, il n'était pas pieds nus.

Ce qu'il cherchait, c'était ce qu'on lui donnerait.

Ce qu'on lui donnerait, c'était ce qu'il cherchait.

Son sort était entre les pattes des cons.

On l'a aperçu dans une bourgade, à mi-chemin de Mexico, il marchait toujours, et on raconte qu'il avait l'air d'un Christ rose — enfin, plutôt rouillé, la nuance est faible.

Et personne ne l'a jamais revu.

Morale de cette histoire : Dan avait eu tort de boire ses cocktails trop vite à New York.

Tort ou raison. Qui sait ?

PAS DE CHAUSSETTES

Barney l'a enculée pendant qu'elle me suçait ; il a fini le premier, a fourré son gros orteil à la place, l'a tortillé, a demandé :
— Ça te plaît ?
Elle ne pouvait pas répondre. Elle m'a fini. Puis on a picolé pendant une heure. Puis on a changé : Barney à l'avant, moi à l'arrière. Après quoi il est rentré chez lui et moi chez moi. J'ai encore bu jusqu'à l'écroulement.

Il devait être 4 heures de l'après-midi. On a sonné à la porte. C'était Dan. Dan se pointe toujours quand je suis malade ou que j'ai sommeil. Dan est une sorte d'intellectuel coco qui a ouvert un atelier de poésie et qui connaît bien la musique classique. Un bout de barbiche et toujours des petites citations chiantes plein la bouche, et, pire que tout, il écrit des alexandrins.

Je l'ai regardé. J'ai dit :
— Et merde !
— Encore malade, Buk ! Ho, Buk, tu vas vomir ?

217

Tout juste. J'ai couru à la salle de bains et j'ai tout lâché.

Quand je suis revenu Dan était assis dans mon canapé avec un air futé.

— Ouais ? j'ai demandé.

— Nous voudrions lire quelques-uns de tes poèmes à notre atelier de printemps.

Je n'ai jamais été à ses ateliers et ça ne m'intéressait pas mais il me coursait depuis des années et je ne savais pas comment m'en débarrasser.

— Dan, je n'ai pas de poèmes.
— Tu en avais toujours des pleines malles.
— Je sais.
— Je peux regarder ?
— Vas-y.

Je suis allé sortir une bière du frigidaire. Dan tripotait des papiers chiffonnés.

— Dis donc, celui-là n'est pas mal. Hummm. Oh, ça c'est de la merde ! Celui-là aussi. Et celui-là. Hihihi ! Qu'est-ce qui t'arrive, Bukowski ?

— J'en sais rien.

— Hummm, celui-là n'est pas *trop* mauvais. Ho, une merde ! Et celui-là !

Je ne sais plus combien j'ai bu de bières pendant qu'il commentait les poèmes mais j'ai fini par me sentir un peu mieux.

— Celui-là...
— Dan ?
— Oui oui ?
— Tu connais pas un coup ?
— Quoi ?
— Tu connais pas une femme au pieu dans le quartier et qui mouillerait pour un malheureux 20 centimètres ?
— Ces poèmes...
— Merde aux poèmes ! Du cul, mec, du cul !

— Euh, il y a Vera...
— Allons-y !
— J'aimerais en emporter quelques-uns...
— Prends-les. Tu veux une bière pendant que je m'habille ?
— Oui, une bière ça ne fait pas de mal.

Je lui en ai ouvert une pendant que j'enlevais ma robe de chambre trouée et que j'enfilais mes vieilles fringues, une paire de souliers, des caleçons déchirés avec une fermeture Eclair qui se bloquait aux trois-quarts. On est sortis et on a pris la voiture. Je me suis arrêté pour acheter une bouteille de scotch.

— Je ne te vois jamais manger, dit Dan, tu ne manges jamais ?
— Pas n'importe quoi.

Il m'a indiqué le chemin jusque chez Vera. On est sortis, la bouteille, moi, Dan. On a sonné à la porte d'un appartement grand luxe.

Vera a ouvert la porte :
— Ho, salut, Dan !
— Vera, je te... Charles Bukowski.
— Ooooh, je me suis toujours demandé à quoi ressemblait Charles Bukowski.
— Ouais, moi aussi.

Je me suis poussé à l'intérieur.
— Vous avez des verres ?
— Ooooh, oui.

Vera est revenue avec les verres. Une espèce de type occupait le canapé. J'ai rempli deux verres de scotch, j'en ai donné un à Vera, un à moi, et je me suis assis sur le canapé entre Vera et le type. Dan s'est retrouvé dans le fauteuil.

— M. Bukowski, a dit Vera, j'ai lu vos poèmes et...
— Merde aux poèmes !
— Ooooh, dit Vera.

J'ai descendu mon scotch, me suis penché, ai troussé la jupe de Vera sur ses cuisses. Je lui ai dit :
— Vous avez de belles jambes.
— Je suis juste un peu trop grosse.
— Oh non ! Juste comme il faut !
J'ai pris un autre scotch, me suis penché, ai embrassé un de ses genoux. J'ai repris une gorgée et je suis remonté le long de la cuisse.
— Et puis la barbe, je me tire ! a dit le type à l'autre bout du canapé.
Il s'est levé et il s'est tiré.
J'ai alterné baisers d'approche et conversation chiante. En remplissant son verre. Bientôt elle avait la jupe au ras du cul. J'ai vu ses petites culottes. Très élégantes. Sûrement pas du nylon, plutôt une sorte de patchwork — des petits losanges de soie multicolore : vert, bleu, or, lavande. Vraiment, des petites culottes qui chauffaient.
J'ai sorti la tête d'entre ses jambes, et j'ai aperçu Dan dans tous ses états.
— Dan, mon garçon, il est temps de s'en aller.
Dan, mon garçon, était visiblement fâché de se tirer, le coup d'œil a dû corser sa branlette plus tard. Bref il a eu du mal à se tirer. Ça m'a fait de la peine. Ce brave Dan.
Je me suis levé pour boire un coup. Vera attendait. J'ai bu sans me presser.
— Charles.
— T'inquiète pas. Je vide mon sirop et j'arrive.
Véra était assise avec sa jupe au ras du cul.
— Tu ne trouves pas, dit-elle, que je suis trop grosse ?
— Non, non, c'est parfait. Je pourrais te

limer pendant 3 heures. Tu es comme du beurre et je fondrais en toi.

J'ai vidé mon scotch, rempli mon verre.

— Charles.
— Vera.
— Quoi ?
— Je suis le plus grand poète du monde, dis-je.
— Mort ou vivant ?
— Mort.

J'ai attrapé un de ses seins.

— Vera, j'aimerais te fourrer un colin vivant dans le cul !
— Pourquoi ?
— Diable, j'en sais rien.

Elle a rabattu sa jupe. J'ai fini mon scotch.

— Tu pisses par la chatte ?
— Ça m'en a tout l'air.
— C'est votre problème à toutes, vous les femmes
— Charles, je crois qu'il est temps que vous partiez. Je dois me lever tôt demain matin.
— Le travail, beurk.
— Charles, soyez gentil.
— Ne t'en fais pas. Je vais te baiser ! Je veux juste un autre verre. Je suis un homme qui aime boire.

Je l'ai vue se lever, elle est sortie de ma tête et je me suis versé un verre. J'ai relevé le nez et j'ai vu Vera avec une autre fille. L'autre fille n'était pas mal non plus.

— Je suis une amie de Vera. Vous lui avez fait peur, et elle doit se lever demain matin. Veuillez la laisser !

— ÇA VA, PAUVRES SALOPES, JE VAIS VOUS BAISER TOUTES LES DEUX, PROMIS ! JE VEUX JUSTE BOIRE UN MOMENT, C'EST TOUT CE QUE JE

DEMANDE ! ET J'AI 25 CENTIMETRES EN RESERVE POUR TOUTES LES DEUX !

J'avais presque fini la bouteille quand les flics sont arrivés. J'étais assis en caleçon sur le canapé et sans chaussettes. J'aimais bien cet endroit, c'était un chouette appartement.

— Messieurs ? c'est pour le Nobel ou pour le Pulitzer ?

— Remet tes chaussures et ton pantalon. TOUT DE SUITE !

— Messieurs, savez-vous que vous parlez à Charles Bukowski ?

— On verra au poste. Rhabille-toi !

Ils m'ont passé les menottes dans le dos, bien serrées comme d'habitude, les petites serrures coinçant les veines, et ils m'ont sorti vite fait dans un escalier casse-gueule, en me traînant trop vite pour que mes pieds arrivent à suivre. J'avais l'impression qu'on me regardait de partout et, bizarrement, j'avais honte. Coupable, merdeux, avorton, comme le type en train de pisser, comme une mitraillette enrayée.

— On se prend pour un grand séducteur, hein ?

J'ai pensé que cette remarque était plutôt sympathique.

— C'était un chouette appartement. Vous auriez dû voir ses petites culottes.

— Ta gueule !

Ils m'ont jeté sur la banquette arrière. Je me suis allongé et j'ai écouté leur radio dernier cri. J'ai toujours pensé quelque part que les flics se démerdaient mieux que moi. Et il y a du vrai là-dedans...

Au poste — comme d'habitude photos et vidage de poches. Les choses n'arrêtent pas de changer. Ça se modernise. Un civil. Après les empreintes, difficiles à cause de mon pouce gauche : RELAX ! ALLEZ, RELAX ! Toujours ce pouce qui rebique, ça me complexe. Et puis comment être RELAX en taule ?

Le civil. Pose deux trois questions pour un formulaire vert. Sourit.

— Ces hommes sont des bêtes, dit-il à voix basse. Je vous aime bien. Passez-moi un coup de fil quand vous sortirez. (Il me donne son numéro.) Des bêtes, des vraies. Méfiez-vous.

J'ai menti, ça peut aider :

— Je vous rappellerai.

Quand on se retrouve là-bas, la première voix sympa paraît une merveille...

— Tu peux donner un coup de fil, a dit le maton. Pour la caution, c'est le moment.

On me sort du violon et je laisse les types ronfler sur la banquette, mendier des clopes, rigoler, pisser. Les Mexicains surtout ont l'air relax, ils font comme chez eux. Ils sont habitués et je les envie.

Je suis sorti et j'ai feuilleté le Bottin. C'est là que je me suis aperçu que je n'avais pas d'amis. Je tournais les pages.

— Alors quoi ? a dit le maton, ça va durer longtemps ? Déjà un quart d'heure que t'es là !

J'ai fait un effort et j'ai appelé un numéro. Je suis tombé sur une mère qui s'est énervée, disant que j'avais réussi à le faire coffrer (son fils) en lui conseillant d'aller dormir dans un cimetière, un soir qu'on avait picolé. La vieille salope ne rigolait pas. Le maton m'a renfermé.

Alors j'ai compris : j'étais le *seul* type du violon sans chaussettes. On était bien 150 et 149 avaient des chaussettes. La plupart tout frais sorties de la navette. J'étais le seul sans. On se croit au fond du trou et on tombe encore. Et merde.

A chaque fois qu'un nouveau maton se

pointait je lui demandais si j'avais le droit de passer un coup de fil. J'ai bien dû appeler dix personnes, et finalement j'ai craqué, résigné à pourrir ici. Puis la porte de la cellule s'est ouverte et on m'a appelé.

— On a versé ta caution, a dit le maton.
— Bon Dieu !

La levée d'écrou a duré une heure. Je me demandais qui était l'ange. Je pensais à tout le monde, tous ceux qui pouvaient être mes amis. Une fois sorti, j'ai vu ce type et sa femme. Je pensais qu'ils me détestaient. Ils attendaient sur le trottoir.

Ils m'ont ramené. Je leur ai rendu l'argent et je les ai raccompagnés à leur voiture. Le téléphone a sonné. Une voix de femme, chaleureuse.

— Buk ?
— Ouais poulette. Qui es-tu ? Je sors juste de taule.

Une connasse qui m'appelait de Sacramento. Hors de portée et je n'avais toujours pas de chaussettes.

— Je relis souvent tes poèmes et ils tiennent le coup, Buk. Je pense à toi tout le temps, Buk.
— Merci, Ann, merci d'appeler. Tu es gentille mais il faut que j'aille boire un coup.
— Je t'aime beaucoup, Buk.
— Moi aussi, Ann...

Je suis sorti et j'ai acheté un carton de bières et un scotch. Je me versais le premier scotch quand le téléphone a résonné. J'ai sifflé la moitié du verre et j'ai décroché.

— Buk ?
— Ouais. Buk. Je sors juste de taule.
— Je sais, je sais. C'est Vera.
— Sale conne, c'est toi qui as appelé les flics.
— Tu étais horrible. Horrible. Ils m'ont

demandé si je portais plainte pour viol. J'ai dit que non.

Elle avait mis la chaîne à la porte mais je voyais à l'intérieur. Le scotch et les bières me cavalaient dans le sang. Vera portait une tunique échancrée et je voyais un gros sein bien plein qui se tendait sérieux vers ma bouche.

— Vera chérie, nous pourrions être amis, de très bons amis. Je te pardonne pour les flics. Laisse-moi entrer.

— Non, non, Buk, c'est trop tard. Tu es trop horrible !

Le sein continuait son effort.

— Vera !...

— Non, Buk, prends tes affaires et va-t-en s'il te plaît !

J'ai ramassé la mallette et les chaussettes.

— D'accord la grosse, démerde-toi avec ton cul foireux !

— Ooooooh !

Et elle a claqué la porte.

J'ai vérifié que le calibre 35 était toujours dans la mallette et je l'ai entendue mettre du Gershwin. Quelle conne.

J'ai descendu l'escalier, cette fois sans escorte. La voiture était garée plus loin. J'ai embarqué. Démarré. Laissé chauffer. Bonne vieille bagnole. J'ai enlevé mes chaussures, mis mes chaussettes, remis mes chaussures, me revoilà bon citoyen, marche arrière, manœuvre, départ, et en route vers le Nord, le Nord, le Nord...

Contre moi, contre ma piaule, contre je ne sais quoi, la vieille bagnole avait une dent, elle fatiguait, moi aussi, au feu rouge j'ai trouvé une moitié de cigare dans le cendrier. Je l'ai rallumée, me suis brûlé le nez, le feu est passé au vert, j'ai aspiré la fumée, rejeté un nuage bleu, on ne perd jamais rien à essayer, se planter, revenir au départ.

Bizarre : il y a des pas-baiseuses qui enfoncent les baiseuses.

J'ai peut-être tort. On dit souvent que j'ai tort.

J'AI DESCENDU UN TYPE A RENO

Bukowski pleurait quand Judy Garland passait au Philharmonic de New York, Bukowski pleurait quand Shirley Temple chantait *I Got Animal Crackers In My Soup,* Bukowski a pleuré dans des hôtels minables, Bukowski ne sait pas s'habiller, Bukowski n'arrive pas à s'exprimer, Bukowski a peur des femmes, Bukowski a des aigreurs d'estomac, Bukowski est un grand angoissé, il déteste les dictionnaires, les bonnes sœurs, la petite monnaie, les bus, les églises, les bancs publics, les araignées, les moustiques, les tiques et les tarés, Bukowski n'a pas fait la guerre. Bukowski est un vieux, voilà quarante-cinq ans que Bukowski n'a pas joué au cerf-volant ; si Bukowski était un singe, il y a longtemps que la tribu l'aurait banni...

Mon copain se donne tellement de mal pour me pomper la moelle qu'il en oublie toujours la médiocrité de sa petite personne.

— Pourtant, Bukowski vomit très proprement, et on ne l'a jamais vu pisser sur le plancher.

Vous voyez bien que je ne manque pas de qualités. Mon copain pousse une porte sur un cagibi d'un mètre sur deux qui déborde de papiers et de vieux chiffons, avec entrée sur la rue.

— Au besoin, tu peux toujours t'installer ici, Bukowski. Mais ça ne te conviendra pas...

Ni fenêtre ni lit, mais je suis à côté de la salle de bains. Ça devrait aller.

— ... je n'arrête jamais la musique, tu mettras des boules quiès.

— Ça va, je tiens le coup.

On retourne dans son antre.

— Tu as envie d'écouter Lenny Bruce ?

— Non merci.

— Ginsberg ?

— Non !

Il n'a qu'à laisser tourner le minicassette, ou le pick-up. Non, il ne trouve rien de mieux que Johnny Cash, un concert *live* devant les taulards à Folsom.

« J'ai descendu un type à Reno, histoire de le regarder crever. »

On dira que j'ai une sale mentalité, mais j'ai la nette impression que le Johnny frime un peu, comme Bob Hope, quand il part au Vietnam amuser les troufions pour Noël. Les taulards applaudissent, puisqu'on les sort de leurs cellules. Cela dit, c'est comme jeter un vieil os au lieu d'une escalope à un pauvre affamé. Pas de quoi être fier. Pour les taulards, à mon avis, une seule solution : ouvrir les prisons. Et pour les troufions : arrêter les guerres. Je craque :

— Arrête ça !

— Qu'est-ce qui te prend ?

— C'est bidon. Un truc d'agence de pub.

— Tu n'as pas le droit de dire ça. Johnny a fait ses preuves.
— Il n'est pas le seul.
— Nous, on trouve ça bon.
— La voix n'est pas mal. Mais crois-moi, le seul type qui puisse chanter devant des taulards, c'est un taulard.
— Tant pis. On aime.

Sa femme est là, et aussi deux jeunes noirs qui jouent du combo dans un orchestre du coin.

— Bukowski aime Judy Garland. *Somewhere Over The Rainbow*.
— Je l'ai vue une fois à New York. C'était bien, le bon feeling. On n'a jamais fait mieux.
— Elle boit trop, elle s'empâte...

Toujours les mêmes, les gens qui pompent la moelle et qui font les malins. Que font-ils de leur vie, ces minables ? Je me tire vite fait. En partant, je les entends remettre Johnny Cash.

Je m'arrête prendre une bière et, au moment où je rentre, le téléphone sonne.

— Bukowski ?
— Ouais ?
— C'est Bill.
— Tiens, salut Bill !
— Qu'est-ce que tu fais ?
— Rien.
— Et samedi soir ?
— Je suis pris.
— J'aurais aimé que tu viennes, il y aura des gens chez moi.
— Une autre fois.
— Tu sais, Charlie, ça va finir par me fatiguer de t'appeler.
— Ouais.
— Tu écris toujours pour ce torchon infect ?

— Quoi ?
— Ton canard hippie.
— Tu l'as déjà lu ?
— Tu parles ! Contestation et compagnie. Tu perds ton temps.
— Je ne suis pas forcément dans la ligne du journal.
— Ah bon, j'ai pas remarqué.
— Je croyais que tu l'avais *lu* ?
— Au fait, tu as des nouvelles de notre cher ami ?
— Paul ?
— Oui, Paul.
— Pas de nouvelles.
— Il aime beaucoup tes petits poèmes, tu sais.
— Alors tout va bien.
— Moi, je n'aime pas trop ce que tu fais.
— Encore mieux.
— Tu ne peux pas t'arranger, pour samedi ?
— Non.
— Ecoute, ça va finir par me fatiguer de t'appeler. Allez, salut.
— C'est ça, bonne nuit.

Encore un fameux pompeur de moelle. Mais bon sang, qu'est-ce qu'ils cherchent tous ? Bill vivait à Malibu, Bill gagnait de l'argent avec ses bouquins — de la philosophie sexuelle à la con, des tartines farcies de dessins réalistes minables. Bill avait du mal à écrire, et c'est peut-être pour ça qu'il ne pouvait pas rester dix minutes sans donner un coup de fil. Il rappellerait. Et pas qu'une fois. Il me couvrirait de ses petites crottes. Je les faisais flipper, moi, le vieux bonhomme qui ne s'était pas laissé couper les couilles. Ils n'avaient qu'un moyen de se venger, me foutre une râclée, et ça, ça arrive à tout le monde.

Bukowski trouve Mickey Mouse plutôt nazi. Bukowski s'est encore ridiculisé l'autre soir chez Barney. Bukowski est jaloux de Ginsberg, Bukowski a envie d'une Cadillac 1969, Bukowski ne comprend rien à Rimbaud, Bukowski s'essuie les fesses avec du papier cul bon marché qui rape, Bukowski n'en a plus que pour cinq ans, Bukowski n'a pas écrit un poème valable depuis 1963, Bukowski pleurait quand Judy Garland... a descendu un type à Reno.

Je prends une chaise, je glisse une feuille dans ma machine, j'entame une bière, j'allume une cigarette.

J'ai torché une ou deux phrases convenables, quand le téléphone sonne.

— Buk ?
— Ouais ?
— C'est Marty.
— Salut Marty.
— Dis donc, je viens de lire tes deux derniers papiers. Bravo, vieux ! Je ne te savais pas aussi doué. Il y a de quoi faire un bouquin ; Grove t'as renvoyé les manuscrits ?
— Ouais.
— Je prends. Tes articles sont aussi bons que tes poèmes.
— Un copain de Malibu dit que mes poèmes puent.
— Rien à foutre ; j'ai envie de les publier.
— Les manuscrits sont chez X...
— Et merde, c'est un pornographe minable. Si tu marches avec moi, tu feras un tabac dans les facs, tu seras dans les meilleures librairies. Tu sais, les étudiants en ont assez de se faire servir les mêmes merdes depuis des siècles. Alors, on rassemble tes articles depuis le début et on vend le lot un dollar, un dollar et demi

l'exemplaire. C'est un coup de plusieurs briques.

— Tu n'as pas peur du ridicule ?

— Bah, ça ne serait pas une première. Rappelle-toi tes cuites... au fait, comment ça va de ce côté-là ?

— Il paraît que j'ai attrapé un type par le veston, au Shelley, et que je l'ai un petit peu secoué. Ç'aurait pu se passer plus mal, tu vois.

— Comment, plus mal ?

— Ouais, le type aurait pu m'attraper par le veston et me secouer un peu. Histoire de sauver la face, tu vois.

— Dis donc, vas-y mollement. Tant que le coup n'est pas arrangé...

— Sois tranquille, Marty.

— Et quand sort ton bouquin en livre de poche ?

— En janvier, paraît-il. J'ai reçu les épreuves. Plus soixante sacs d'avance que j'ai perdus aux courses.

— Tu devrais éviter les courses.

— D'accord les mecs, mais quand je gagne vous la fermez, non ?

— Ça va, ça va. Alors, tu réfléchis au projet ?

— D'accord. Bonne nuit.

— Bonne nuit.

Bukowski, l'écrivain du siècle ; une statue de Bukowski se branlant devant le Kremlin ; Bukowski et Castro sous le soleil cubain, statue plaquée guano, Bukowski et Castro pédalant vers la victoire sur un tandem, avec Bukowski sur la selle arrière ; Bukowski en train de se baigner dans un nid d'hirondelles ; Bukowski le dompteur fouette une esclave nubile, une blonde superbe et tout, quatre-vingt-dix de tour de poitrine, une blonde superbe avec un bouquin de Rimbaud à la main ; Bukowski, drôle d'oiseau en cage dans l'univers et qui se demande bien par où la chance s'est envolée... Bukowski courant après Judy Garland, quand déjà c'était trop tard.

Là-dessus, je me rappelle l'heure et je saute dans ma voiture. J'arrête juste à la sortie de Wilshire Boulevard. Il y a son nom sur une pancarte. Dans le temps, on a fait le même boulot de merde. Je ne suis pas un dingue de Wilshire Boulevard, mais j'ai soif de connaissance. Je suis ouvert à tout. Mon copain est café au lait, mère blanche, père noir. On s'est connus au même boulot, et avec la même idée derrière la tête : ne pas s'éterniser au fond de la merde ; parce que même si la merde est une bonne école, on en connaît qu'elle a engloutis pour toujours.

Je me suis garé derrière chez lui et j'ai frappé à la porte de service. Il m'avait dit qu'il attendrait longtemps. Il était neuf heures et demi, et la porte s'est ouverte.

DIX ANS. DIX ANS. Dix ans. Dix ans. Dix. Dix. Dix putains d'années.

— Hank, vieille branche !
— Jim, petit crét...
— Allez entre !

Je suis entré sur ses talons. Ça va, tu ne t'es pas laissé avoir par le succès. C'est d'autant plus sympa que tous les employés étaient partis. Je suis ouvert à tout. Il a six ou huit bureaux. On est allé dans le sien. J'ai sorti deux cartons de canettes.

Dix ans.

Il en a quarante-trois. Et moi quarante-huit. A nous voir, j'en parais bien quinze de plus. La honte. Une brioche pendante, et l'air du chien qui tire la langue. Après des heures, des années de boulots imbéciles. J'ai honte d'être vaincu ;

pas de son argent, de ma défaite. Le plus grand révolutionnaire est toujours un homme pauvre. Moi je ne suis même pas un révolutionnaire ; je suis juste fatigué. Qu'est-ce que j'ai pu ramasser comme merdes ! Miroir, miroir sur le mur...

Il avait l'air en forme dans son maillot jaune soleil, très à l'aise et content de me voir.

— J'ai traversé un sacré tunnel, m'a-t-il dit, je n'ai pas rencontré un être humain digne de ce nom depuis des mois.

— Je fais l'affaire ?
— Tu fais l'affaire.

Sept mètres de bureau ciré nous séparent.

— Tu sais, Jim, je me suis déjà fait éjecter d'un tas d'endroits pareils à celui-ci. Comme un étron posé sur une toupie. Comme un rêve dans un rêve, ce rêve dans un autre rêve, et tous des cauchemars. Et aujourd'hui, me voilà sur ce fauteuil, une bière à la main, avec un type en face de moi derrière un bureau, et je ne suis pas beaucoup plus avancé.

Il a ri.

— Fils, je vais te donner un petit local, une petite chaise, un petit bureau, pour toi tout seul. Je sais ce que tu gagnes en ce moment. Je te donnerai le double.

— Impossible.
— Pourquoi ?
— D'abord, je ne vaux rien dans ce boulot.
— J'ai besoin de ton cerveau.

A moi de rire.

— Je suis sérieux, Hank !

Alors il m'a raconté son plan. Ce qu'il attendait de moi. Il avait un de ces cerveaux incroyables capables d'imaginer n'importe quoi. Son truc paraissait tellement au point, je ne pouvais que rire.

— Il te faut bien trois mois pour fignoler les détails.
— Et un contrat.
— Je marche. Mais tu sais, ces machins, parfois ça rate.
— Pas celui-là.
— De toute façon, je vis chez un copain qui m'a promis son placard à balais en cas de désastre.
— Parfait.

Encore deux ou trois heures à boire, et il est parti dormir pour affronter le yachting du lendemain matin (un samedi). J'ai repris ma voiture, je suis sorti du quartier chic et j'ai roulé jusqu'au premier bar pas net. Là, c'est inévitable, je tombe sur un vieux pote de boulot.

— Bon sang, Luke !
— Hank, fils !

Encore un café au lait. Mais bon Dieu, qu'est-ce que les blancs fabriquent le soir ?

Il n'a pas l'air en fonds et je lui paye un verre.

— Alors, demande-t-il, toujours fidèle au poste ?
— Ouais.
— Mec, c'est la merde.
— Tiens !
— Je n'en pouvais plus, tu te rappelles ? J'ai laissé tomber. J'ai trouvé un autre boulot, mec. Le jour et la nuit, tu vois. A mon avis, c'est ça qui déglingue les gens, de pas changer de vie assez souvent.
— Je suis au courant, Luke.
— Alors voilà, le premier jour je monte à la machine. On fabrique de la fibre de verre. Je porte mon pull à col ouvert et manches courtes, et tout le monde me regarde avec des

yeux ronds. Bon, là-dessus, je m'asseois et je commence à tripoter les manettes. Au début, pas de problème et tout d'un coup, tu vois, ça me gratte de partout. J'appelle le contremaître, et je lui dis : « Hé, qu'est-ce qui se passe, ça me gratte de partout ! Le cou, les bras, partout ! » « C'est pas grave, répond l'autre, tu t'habitueras », et je remarque son écharpe, nouée serré autour du cou, et son bleu à manches longues. Le lendemain, j'arrive boutonné et pommadé jusqu'aux oreilles. Rien à faire, ce putain de verre gicle comme des fléchettes invisibles qui traversent les habits et viennent se planter sous la peau. Et je comprends pourquoi on me fait porter des lunettes spéciales : tu les oublies une demi-heure, et tu es aveugle, mec ! Je n'avais plus qu'à me tirer. J'ai atterri dans une fonderie. Là, les types passent leur temps à verser dans des moules des paquets de merde chauffée à blanc ! Ils versent ça comme du bacon frit. Chauffé à blanc ! Il faut le voir pour y croire. Merde ! Je me suis tiré. Et toi ?

— Vise cette salope, là-bas, elle n'arrête pas de me regarder et de faire des grimaces en montrant ses cuisses.

— T'occupe pas. C'est une cinglée.

— Elle a de belles cuisses.

— Ça, c'est vrai.

Je redemande un verre et je vais parler à la fille.

— Bonjour ma belle !

Sa main plonge dans son sac et ressort avec une lame longue comme mon bras. Je regarde le barman ; le mec n'a pas bronché. La salope dit :

— Un pas de plus et t'as plus de couilles !

Je lève mon verre, comme pour trinquer, elle regarde le verre et j'en profite pour lui attra-

per le poignet. J'arrache la lame, je la referme et je la mets dans ma poche. Le barman a toujours l'air ailleurs. Je reviens à côté de Luke et on finit nos verres. Deux heures moins dix. Je prends deux paquets de canettes et on sort. Luke n'a pas de tire. La fille nous suit :
— Tu me ramènes ?
— Où ?
— Du côté de Century.
— C'est loin.
— Et alors, salaud, comment veux-tu que je fasse, sans mon couteau ?

A mi-chemin de Century, je vois que la fille croise et décroise ses jambes sur la banquette arrière. Au premier coin sombre, je m'arrête et je demande à Luke d'aller se griller une cigarette. Je n'aime pas les merles, mais quand on se prend pour un grand artiste, pour un grand connaisseur de la vie, et qu'on n'a pas vu une grive depuis belle lurette, pas question de cracher sur un merle. Et puis, comme disent les potes, à la broche, il n'y a rien de meilleur. Ce fut bien. Au moment de la débarquer, je lui ai rendu son cran d'arrêt, roulé dans un billet de dix dollars. Je sais, c'est idiot, mais j'aime bien faire l'idiot. Luke habite vers la Huitième Avenue et Irola. En deux minutes, j'étais rentré chez moi.

Je pousse la porte, et hop ! Le téléphone qui sonne. J'ouvre une bière, je tombe dans un fauteuil et je laisse sonner. Soir, nuit, matin, assez !

Bukowski porte des maillots de corps marron. Bukowski a peur en avion. Bukowski déteste le père Noël. Bukoswki s'amuse à sculpter des gommes. Une goutte de pluie tombe, Bukowski pleure. Et quand Bukowski pleure, il se met à pleuvoir. O source des fontaines, ô bourses, ô fontaines des bourses, ô Homme, avec ta laideur comme un étron frais écrasé sous la semelle, ô police toute-puissante, ô armes toutes-puissantes, ô tyrans tout-puissants, ô cinglés universels tout-puissants, ô l'infinie solitude de la pieuvre, ô le tic-tac de la pendule qui nous fait peur à tous, ô les pauvres cloches tombées dans la poussière au milieu de toute la richesse de l'Amérique, ô enfants qui deviendrez laids, ô laids qui deviendrez très laids, ô la tristesse et les sabres et les murailles qu'on cimente — plus de père Noël, ni de Chat Botté, ni de Baguette Magique, ni de Cendrillon, ni de Bons Génies ; des dingues, rien que des dingues, partout la merde, les coups de fouets et le nettoyage de la merde ; partout des médecins sans malades, des nuages sans pluies, des jours sans lumière, ô Dieu tout-puissant, toi qui nous a mis dans ce pétrin.

Quand je débarquerai dans ton palais CERF-VOLANT au milieu des anges professionnels je veux entendre Ta voix simplement dire PITIE PITIE PITIE POUR TOI et pour nous et pour tout le mal que nous te ferons, à Irola j'ai tourné direction Normandie, oui mon vieux, je suis rentré chez moi, je suis tombé dans mon fauteuil et j'ai écouté la sonnerie du téléphone.

CARNETS D'UN SUICIDÉ EN PUISSANCE

Je suis assis à la fenêtre, et les éboueurs arrivent. Ils vident les poubelles. Je guette la mienne. Ça y est. CRASH, BING, BANG, PLOUF, SPLASH ! L'un de ces messieurs se tourne vers l'autre :

— Mec, ils ont un *sérieux* buveur là-dedans !

Je lève ma bouteille et j'attends de nouvelles percées dans l'exploration de l'espace.

Un type m'apporte un bouquin de Norman Mailer. Ça s'appelle *Chrétiens et Cannibales*. Putain, il empile les mots. Pas de force, pas d'humour. Je ne comprends pas ça. Il dégobille les mots, n'importe quel mot, n'importe quoi. C'est ça qui arrive quand on devient célèbre ? La chance qu'on a, toi et moi !

2 types débarquent. Un Juif et un Allemand.
Je demande :
— Où on va ?

Pas de réponse. L'Allemand est au volant. Il se fout du code de la route. Il appuie sur le champignon. Nous voilà dans les collines et il se met à frôler le précipice — six cent mètres de dégringolade.

C'est désagréable, je pense, de mourir à cause d'un autre.

On arrive à l'observatoire. C'est chiant. Les deux autres ont l'air content. Le Juif aime les zoos mais la nuit le zoo est fermé. Il y a des gens qui ont toujours besoin de cavaler quelque part.

— On va au cinéma !
— On va faire du bateau !
— On va baiser !
— Arrêtez les frais, je dis, moi je me pose ici.

Alors les gens se taisent. On m'embarque dans une bagnole et je suis toujours surpris par les conneries qui nous attendent.

Alors l'Allemand cavale vers le bâtiment. Il y a des fissures entre les blocs de la façade. L'Allemand fait l'alpiniste dans les fissures. Le voilà à mi-hauteur du bâtiment, pendu au dessus de la porte. Bon dieu, que c'est chiant. J'attends qu'il tombe ou qu'il descende.

Arrivée d'un professeur et de ses lycéens. Ils se dirigent vers l'entrée en file indienne. Le professeur lève le nez et voit l'Allemand.

Il demande :
— Celui-là est à moi ?
Je lui dis :
— Non, celui-là est à moi.

Ils entrent. L'Allemand redescend. Nous pénétrons dans le bâtiment. Il n'a pas changé depuis 30 ans. La grosse balle qui balance au bout d'un fil. Tout le monde regarde la balle qui balance.

Bon dieu, que c'est chiant.

Puis je marche derrière l'Allemand et le Juif, ils se baladent partout et appuient sur des boutons. Les bidules cliquètent et bougent un peu. Ou alors on voit des étincelles. La moitié des trucs sont cassés, c'est débile d'appuyer sur les boutons. L'Allemand se perd. Je me balade avec le Juif. Il tombe sur un appareil qui détecte les tremblements de terre.

— Hey, Hank !
— Ouais.
— Amène-toi ! Je compte jusqu'à trois et on saute en l'air.
— D'accord.

Il pèse 90 kilos, moi 110 kilos.

— Un, deux, trois !

Saut, atterissage. L'appareil gribouille un graphique.

— Un, deux, trois !

On saute.

— La dernière ! Un...
— Et merde ! que je dis, allons boire un coup !

Je m'éloigne.

L'Allemand arrive et propose :
— Tirons-nous !
— D'accord.
— Une salope m'a rembarré, dit l'Allemand, c'est dégueulasse.
— T'en fais pas, dis-je, elle a sûrement des taches de merde dans sa petite culotte.
— C'est comme ça que je les aime.
— Tu aimes renifler ?
— Bien sûr.
— Désolé alors, encore une soirée de foutue.

Le Juif se pointe en courant et braille :
— On va au drugstore de Schwab !
— Non, dis-je, par pitié !

On remonte dans la bagnole et une fois de plus l'Allemand se croit obligé de faire le malin. Enfin on sort des collines.

Tous les gens à Los Angeles font ça : cavaler comme des dératés derrière quelque chose qui n'existe pas. La peur fondamentale de se regarder en face, tout seul. Moi j'ai peur de la foule, des dératés, des gens qui lisent Norman Mailer et qui vont au base-ball, tondent et arrosent leur gazon et s'activent au jardin la truelle à la main.

L'Allemand nous emmène chez Schwab. Il a envie de renifler.

Il y a un orchestre symphonique dans le fond. Le chef s'en tire en jouant ce que j'appelle des Mélodies de Débutants. Le pot-pourri qui plaît toujours à ceux qui se lancent dans le classique. Mais tout individu doué d'un minimum de sensibilité ne peut entendre ces morceaux plus de cinq ou six fois sans fatiguer. Et cet orchestre les serine semaine après semaine, devant un public rassis, venu je ne sais d'où et abruti je ne sais par quoi. Après ces morceaux de base bien bavant, tous sont persuadés qu'ils ont entendu quelque chose de neuf, de vrai, de profond, et ils se dressent en braillant : BRAVO! BRAVO! On a dû leur expliquer le coup. Le chef d'orchestre fait courbette sur courbette puis il demande à l'orchestre de saluer. Tout ce que je veux savoir, c'est si le maestro les manipule ou s'il est aussi abruti que les autres.

Voici la liste des morceaux d'école maternelle dont le chef d'orchestre raffole : *La Vie parisienne* d'Offenbach, le *Boléro* de Ravel, *la Gazza Ladra* de Rossini, *Casse-Noisette* de

Tchaikowski (pitié !), des bouts de *Carmen, El Salon Mexico* de Copland, *La Danse des Tricornes* de De Falla, *Pompes et Marches* d'Elgar et *Rhapsody in Blue* de Gershwin (pitié, trois fois pitié !) et plein d'autres que j'oublie...

Mais laissez cette foule baigner dans ce sirop et ils bêlent de plaisir.

Après quoi, dans la voiture, on entend des phrases pas possibles. Le pépé de 52 ans, patron de trois magasins de meubles, qui se sent intelligent :

— Mon dieu, ce type nous a comblés, il comprend bien sa musique, il nous la fait vraiment *ressentir!*

La femme :

— Oui, je me sens *encore* toute secouée ! A propos, on s'arrête manger en route où on rentre finir le rosbif ?

Bien sûr, on ne peut pas mesurer le goût, ou le manque de goût. Pour un type qui trouve un trou, il y en a un autre qui se branle. Je ne comprends rien au succès de Faulkner, du base-ball, de Bob Hope, d'Henry Miller, de Shakespeare, d'Ibsen, des pièces de Tchékov. G.B. Shaw me fait bâiller. Tolstoï aussi. *Guerre et Paix* est mon bide le plus sanglant depuis *Le manteau* de Gogol. Mailer, j'en ai déjà parlé. Bob Dylan, à mon avis, en rajoute, mais je dirai que Donovan a du style. Je n'y comprends rien. Boxe, rugby, basket fonctionnent à l'énergie. Hemingway jeune était bon. Dosto très dur. Sherwood Anderson les yeux fermés. Le Saroyan jeune. Le tennis et l'opéra, vous vous les gardez. Les belles bagnoles, du balai. Le fétichisme, mouais. Bagues, montres, mouais. Le très jeune Gorki. D.H. Lawrence, d'accord, Céline pas de problème. Merde aux œufs brouillés. Artaud quand il s'énerve. Ginsberg à petites doses. La lutte gréco-romaine — hein ? ? ? Jeffers, évidemment. Et ainsi de suite, et qui a raison ? Moi, bien sûr. Mais oui, bien sûr.

Quand j'étais gosse on m'a emmené voir un truc qui s'appelait Démonstration Aérienne. Il y avait des voltigeurs, des courses d'avions, des sauts en parachute. Un des voltigeurs, ça me revient, était très bon. On avait accroché un mouchoir sur un poteau et le gars piquait avec son vieux Fokker et ramassait le mouchoir par un crochet au bout de son aile. Il repartait sur un looping qui le ramenait au ras du sol. Il contrôlait très bien son zinc. Comme tous les gosses, et les autres aussi peut-être, je préférais les courses, à cause des accidents. Tous les avions étaient différents, peinturlurés et biscornus. Et puis ils s'écrasaient. Et crash et crash et crash. C'était très excitant. Mon copain s'appelait Frank. Maintenant, il est juge aux Assises.
— Hé, Hank !
— Ouais, Frank !
— Viens !
On a traversé sous les tribunes.
— D'ici on voit sous les jupes des femmes.
— Ouais.
— Ouais, regarde.
— Mince !
Les tribunes étaient en planches et on voyait droit au travers.
— Hé, vise celle-là !
— Hou la la !
Frank est parti se balader.

— Pssst ! par ici !
Je me suis ramené :
— Ouais.
— Là, là, on lui voit la chatte !
— Où ? Où ?
— Là, là où je regarde !

On est restés un moment à regarder la chose. Un bon moment. Puis on est ressortis pour voir la fin de la Démonstration.

C'était le tour des parachutistes. Ils essayaient d'atterrir dans un cercle. Ils n'y arrivaient pas. Un type a sauté et son parachute ne s'est ouvert qu'à moitié. Il prenait du vent quand même et ça le ralentissait, mais on avait bien le temps de le voir tomber. Le type gigotait, tirait sur ses ficelles pour ouvrir le parachute, mais ça ne marchait pas. J'ai demandé :

— Personne ne l'aide ?

Frank n'a rien dit. Il prenait des photos. Beaucoup de gens prenaient des photos. Il y en avait même qui filmaient.

Le type se rapprochait, en s'acharnant sur ses ficelles. Quand il a touché le sol, il a rebondi. Le parachute lui est tombé dessus. Le jury a arrêté le concours. De toute façon, la Démonstration était presque finie.

Quelle histoire ! Les accidents, le parachutiste et la chatte.

On est rentrés à vélo en discutant de tout ça.

Oui, la vie promettait.

LE ZOO LIBÉRÉ

Je sortais d'une période de biture qui m'avait coûté mon boulot, ma piaule, et (peut-être) ma tête. Cette nuit-là, je l'avais passée à la belle étoile et j'ai vomi au soleil levant. J'ai laissé filer cinq minutes puis j'ai fini la bouteille de vin qui traînait dans la poche de mon manteau.

Je me suis mis à marcher dans les rues, sans but. Tout en marchant j'ai eu l'impression d'en savoir long sur la vie et la mort. Je ne savais rien, bien sûr. Il faut dire que ma nuit ne m'avait pas éclairci les idées.

Je me suis traîné un moment, à moitié sonné. Je me perdais en considérations vagues, mais fascinantes, sur la perspective de crever de faim. J'avais juste envie d'un endroit pour m'allonger et attendre. Je n'éprouvais aucune haine pour la société, je n'en faisais plus partie. Depuis longtemps je m'étais adapté à la situation.

Je me suis retrouvé au bout de la ville. Plus loin, les maisons s'espaçaient. On voyait des champs et des petites fermes. J'avais faim, mais j'étais surtout malade. Il faisait chaud, je me suis débarrassé de mon manteau et je l'ai plié sur mon bras. La soif menaçait, mais pas trace de flotte dans le coin. J'avais du sang sur la figure après mes gamelles de la nuit, et les cheveux en bataille. Mourir de soif ne collait pas avec l'idée que je me faisais d'une mort tranquille ; je me suis décidé à demander un verre d'eau. J'ai dépassé la première maison, qui ne m'inspirait pas, et j'ai suivi la route jusqu'à une grande baraque de trois étages, peinte en vert, environnée de plantes grimpantes, d'arbres et de taillis. En approchant de la véranda, j'ai entendu des bruits bizarres à l'intérieur et j'ai senti comme une odeur de viande crue, d'urine et de fiente. Pourtant, j'éprouvais pour cette maison une sorte d'amitié. J'ai tiré la sonnette.

Une femme dans les trente ans est venue à la porte. Elle avait des cheveux longs brun-rouge et ses yeux bruns me dévisageaient. C'était une belle femme, avec un jean serré, des bottes et un tee-shirt rose pâle. Son visage et ses yeux ne trahissaient ni peur ni inquiétude.

— Oui ? dit-elle, presque souriante.

— J'ai soif. Pouvez-vous me donner un verre d'eau ?

— Entrez, dit-elle (et je l'ai suivie dans le living). Asseyez-vous !

Je me suis posé, en douceur, sur un vieux fauteuil. La fille est partie dans la cuisine chercher de l'eau. Du fauteuil, j'ai entendu un bruit de cavalcade vers le hall. Le machin a fait un tour dans la pièce, puis il s'est arrêté et m'a regardé. C'était un orang-outang. Il a trépigné de joie quand il m'a vu. Il a couru vers moi, sauté sur mes genoux, frotté son nez contre le mien. Il m'a regardé droit dans les yeux un moment, puis il a tourné la tête. Il a attrapé mon manteau, bondi à terre et cavalé vers le hall avec mon manteau, tout en poussant des cris bizarres.

La fille est revenue avec mon verre d'eau et m'a tendu le verre.

— Je m'appelle Carol.

— Moi Gordon, mais ça n'a pas d'importance.

— Qu'est-ce qui n'a pas d'importance ?

— Ça va, je récupère. C'est fini, tu vois bien.

— C'était quoi ? L'alcool ?

— L'alcool.

J'ai fait un grand geste :

— Et les gens.

— J'ai des problèmes avec « les gens » moi aussi. Je vis seule.

— Tu vis seule dans cette grande baraque ?

— Enfin, presque.

Elle a ri.

— Ah ouais, un gros singe m'a piqué mon manteau.

— Oh, c'est Bilbo. Il est chou. Il est cinglé.

— J'aurai besoin du manteau cette nuit. Il fait froid.

— Cette nuit, tu dors ici. On dirait que tu as besoin de repos.

— Si je me repose, j'aurai envie de faire mumuse.

— Ça te ferait du bien. On s'amuse vraiment quand on prend ça du bon côté.

— Je ne crois pas. D'ailleurs, tu n'as pas de raison d'être gentille avec moi, non ?

— Je suis comme Bilbo, cinglée. Enfin c'est ce qu'ils ont dit. J'ai passé trois mois à l'asile.

— Et merde.

— Et merde. Première chose, je vais te faire avaler de la soupe.

Puis, plus tard :

— La préfecture veut me vider. En attendant, je suis en procès. Heureusement, Papa a un bon paquet de fric. J'ai de quoi me défendre. Ils m'appellent Carol la Dingue du Zoo libéré.

— Je ne lis pas les journaux. Le Zoo libéré ?

— Oui, j'*aime* les animaux. Ça me cause des ennuis avec les gens. Tant pis, je me sens trop *bien* avec les animaux. Peut-être que je suis timbrée, je ne sais pas.

— Tu es très gentille.

— C'est vrai ?

— C'est vrai.

— On dirait que les gens ont peur de moi. Pas toi, ça me fait plaisir.

Ses yeux bruns s'écarquillaient. Ils étaient d'un brun profond, presque noirs, et comme nous parlions sa cuirasse a paru s'effriter.

— Ecoute, dis-je, désolé, mais il faut que j'aille à la salle de bains.

— Dans le hall, tu prends la première porte à gauche.

— Ça va.

Je suis arrivé dans le hall et j'ai pris à gauche. La porte était ouverte, je suis resté en plan. Perché sur le rideau de la douche, il y avait un perroquet. Et sur le tapis éponge, un tigre dans la force de l'âge. Le perroquet a fait le dégoûté et le tigre m'a balancé un regard d'ennui et vide de tout intérêt. J'ai couru jusqu'au living.

— Bon Dieu, Carol, il y a un *tigre* dans la salle de bains.

— Oh, c'est Joe la Défonce. Joe la Défonce ne ferait pas de mal à une mouche.

— Peut-être, mais je n'arriverai pas à chier sous le nez d'un tigre.

— Viens, idiot !

J'ai suivi Carol dans le hall, et elle est entrée dans la salle de bains :

— Debout, Joe, il faut laisser la place au monsieur. Il ne peut pas chier si tu le regardes. Il croit que tu veux le manger.

Le tigre a levé sur Carol des yeux indifférents.

— Joe, fais pas l'imbécile, je ne te le dirai pas deux fois ! Je te donne jusqu'à *trois* ! On commence : un... deux... *trois* !

Le tigre n'a pas bronché.

— Maintenant ça suffit, tu l'as bien *cherché !*

Carol a empoigné le tigre par l'oreille et l'a soulevé de sa carpette. Le matou grognait, crachotait ; je pouvais voir les crocs, la langue, mais Carol n'avait pas l'air de s'en faire. Elle a traîné le tigre par l'oreille, jusqu'au hall, puis elle a lâché prise en disant :

— Joe, suffit maintenant, file dans ta chambre ! Allez, dans ta chambre !

Le tigre a traversé le hall et s'est affalé en demi-lune sur le sol.

— Joe la Défonce ! Va dans ta chambre !

Le matou l'a toisée inerte.

— Cette tête de lard devient impossible. Je devrais prendre des sanctions, mais j'ai horreur de ça. Je l'aime.

— Tu l'aimes ?

— Bien sûr, je les aime tous. Tu as vu le perroquet, il t'a pas embêté ?

— Pour le perroquet, j'ai la carrure.

— Bon, alors va chier un coup.

Carol a refermé la porte, le perroquet m'a regardé puis il a dit :

— Bon, alors va chier un coup.

Et il a chié, lui, droit dans la douche.

On s'est encore parlé, l'après-midi et le soir, et j'ai descendu deux bons repas. J'avais parfois l'impression que tout ça se passait sur le grand écran du delirium, ou que j'étais mort, ou devenu débile avec des visions.

Je ne sais pas combien Carol possédait d'espèces différentes, mais elle les avait presque tous volés. C'était le Zoo libéré.

Puis vint l'heure du «caca-footing», comme a dit Carol. Elle a sorti ses bestioles dans la cour, par groupes de cinq ou six. Renard, loup, singe, tigre, panthère, serpent, vous avez déjà été au zoo, non ? Le plus curieux c'est que les animaux s'entendaient à merveille. Logés et nourris, soit (la facture était terrifiante, Papa avait dû laisser un magot) ; mais l'idée m'est venue que l'amour de Carol les entretenait dans une tendre et ironique passivité — avatar de l'amour. Les animaux se sentaient *bien*, tout simplement.

— Regarde bien, Gordon, et tu ne pourras pas t'empêcher de les aimer. Regarde comment ils *bougent*. Chacun est unique, vrai, lui-même. Tout le contraire des hommes. Ils sont équilibrés, bien dans leur peau, jamais laids. Ils ont reçu le don, le don qu'il avaient en naissant.

— Je commence à comprendre...

Cette nuit-là, impossible de m'endormir. Je me suis rhabillé, sauf les chaussures, et je suis descendu dans le hall. Je pouvais voir dans le living sans être vu. Et voilà ce qui se passait.

Carol, nue, était allongée sur la table basse, le dos à même le bois, genoux et jambes ballants. Tout son corps était fascinant, blanc comme s'il n'avait jamais vu le soleil. Ses seins, plus fermes que gros, pointaient vers le ciel, et ses tétons n'étaient pas foncés, comme chez les autres femmes, mais ils brillaient, roses et rouges, comme le feu, et même rose vif, très néon. Bon Dieu, la fille aux seins en néon ! Ses lèvres, même couleur, s'entrouvraient sur un rêve, et de sa tête renversée cascadaient ses cheveux, ses longs cheveux roux-sombre qui flottaient comme un voile, une boucle frôlant le tapis. Toute sa peau semblait *huilée*, une huile qui effaçait coudes, genoux et replis. Seuls pointaient les deux puissants tétons. Enfin, lové contre Carol, il y avait un interminable serpent d'une espèce que je ne connaissais pas. La langue frétillait et la tête du serpent frottait le visage de Carol, dans un lent va-et-vient. Puis bandant la nuque, le serpent se dressait et fixait le nez, les lèvres, les yeux de Carol, goulûment.

Par instants, l'échine du reptile effleurait les flancs de Carol. On aurait dit une caresse, et après la caresse le serpent se contractait, doucement, pressant la peau, se nouant à la poitrine. Carol hoquetait, haletait, frissonnait ; le serpent se faufilait sous l'oreille, se dressait, fixait le nez, les lèvres, les yeux puis le jeu recommençait. La langue frémissait et le con de Carol s'ouvrait, et ses cheveux flottaient, superbes et rouges sous la lumière.

Je suis remonté dans ma chambre. J'ai pensé : ce serpent a de la veine. Je n'avais jamais vu un corps pareil chez une femme. J'ai eu du mal à m'endormir mais j'ai fini par y arriver.

Le lendemain matin, pendant le petit déjeuner avec Carol, je lui ai dit :

— Tu es *vraiment* amoureuse de ton zoo, pas vrai ?

— Oui, de tous, jusqu'au dernier.

On a fini notre café presque en silence. Carol avait l'air en pleine forme, radieuse comme jamais. Ses cheveux palpitaient et la lumière tombée de la fenêtre, qui les allumait de l'intérieur, en soulignait les reflets rouges.

Ses yeux très grands vibraient, toujours sans peur, sans méfiance. Ses yeux, on pouvait y entrer, on pouvait en sortir, Carol était animale, et humaine.

— Ecoute, si tu récupères mon manteau, je pourrai partir.

— Je veux que tu restes.

— Tu me prends dans ton zoo ?

— Oui.

— Je suis un Homme, tu sais.

— Mais tu es resté pur. Tu n'es pas comme les gens. Les gens sont paumés, coincés, toi tu es libre. Tu es peut-être paumé, tu n'es pas coincé. Tout ce qu'il te faut, c'est que quelqu'un te trouve.

— Je suis peut-être trop vieux pour être... aimé comme les autres.

— Je... je ne sais pas... je t'aime beaucoup. Tu ne veux pas rester ? On s'arrangerait...

La nuit suivante, j'ai de nouveau eu du mal à m'endormir. Je suis descendu dans le hall, derrière le rideau de perles, et j'ai vu. Cette fois Carol avait dressé une table au milieu de la pièce, une table de chêne, presque noire, avec des pieds mastocs. Carol était étendue sur la table, jambes pendantes, les pieds effleurant le tapis. Sa main couvrait sa chatte, puis elle s'est retirée. Au même moment, tout son corps a paru irradier une lueur rose ; le sang a pulsé, puis reflué. Une tache rose a hésité quelques secondes au bord du menton, sur la gorge, puis s'est évanouie, et la chatte s'est ouverte.

Le tigre tournait autour de la table, en cercles très lents. Puis il a tourné de plus en plus vite, la queue frôlant Carol. Carol a poussé un râle sourd, et le tigre est venu droit entre ses jambes. S'est immobilisé, puis dressé. Il a posé ses pattes de chaque côté de la tête de Carol. Le pénis gonflait, énorme. Le pénis cognait à la chatte, cherchant la fente. Carol l'a empoigné, pour mieux le guider. Ils ont chancelé ensemble au bord d'une terrible et brûlante angoisse. Puis le pénis est entré, à moitié. Le tigre a poussé brusquement des hanches et le reste a suivi... Carol a hurlé. Elle a noué ses doigts autour de la nuque du tigre qui commençait à besogner. J'ai tourné les talons et j'ai rejoint ma chambre.

Le lendemain midi, on a pique-niqué dans la cour avec les animaux. J'ai bouffé mes pommes de terre en salade en compagnie d'un lynx et d'un renard argenté. J'étais plongé dans une expérience neuve, totale. La préfecture avait obligé Carol à construire un grillage, mais la friche était grande et les animaux en profitaient. A la fin du repas, Carol s'est allongée sur l'herbe, les yeux au ciel. Mon Dieu, où étaient mes vingt ans !

Carol m'a regardé :

— Viens plus près, vieux tigre !
— Tigre ?
— *Tigre, Tigre qui brûle clair* (1)... quand tu mourras, on saura ton nom, on verra tes rayures.

Je me suis allongé contre Carol. Elle s'est mise sur le côté, sa tête au creux de mon bras. Dans ses yeux, j'ai vu le reflet du ciel et de la terre.

— Tu ressembles à Randolph Scott, avec une pointe d'Humphrey Bogart.

J'ai ri :

— Tu es marrante.

---

1. Allusion à un poème de William Blake. (N.d.T.)

On a continué à se regarder, et j'ai eu l'impression que je pourrais sombrer dans les yeux de Carol.

Puis ma main a couru sur ses lèvres, on s'est embrassés et j'ai tiré son corps contre le mien. Mon autre main fourrageait dans ses cheveux. Ce fut un vrai, un long baiser d'amour, et je me suis mis à bander. Son corps s'est coulé contre le mien, coulé comme un serpent. Passage d'une autruche. « Hou là là ! » Et elle, après de nouveaux baisers :

— Petit cochon, qu'est-ce que tu fabriques ?

Carol a pris ma main et l'a fourrée sous son jean. J'ai senti sa petite touffe, humide et douce. Je lui ai fait un gros câlin, puis j'ai rentré mon doigt. Carol m'embrassait comme une possédée.

— Petit cochon ! petit cochon !

Elle s'est dégagée.

— Tu vas trop vite ! Sois doux, doux...

On s'est assis et elle m'a lu les lignes de la main.

— Ta ligne de vie... il n'y a pas longtemps que tu es sur la terre. Regarde ta main. Tu vois cette ligne ?

— Oui.

— C'est ta ligne de vie. Maintenant, regarde la mienne. J'ai vécu plusieurs vies antérieures.

Carol ne plaisantait pas, et je la croyais. Impossible de ne pas croire Carol. Carol était la vérité. Le tigre nous contemplait, une vingtaine de mètres plus loin. Une petite brise a jeté les cheveux roux de Carol sur son épaule. C'était trop pour moi. Je lui ai sauté dessus et on s'est embrassés. On a roulé sur l'herbe, et elle nous a séparés.

— Sale petit tigre, j'ai dit : tout doux !

On a continué à discuter.

— Tu vois, m'a dit Carol, je suis obsédée par un rêve — c'est difficile à expliquer mais... je crois que le monde est fatigué. La fin est proche. Les gens fuient leurs responsabilités et ça les démolit, la rock génération, la première. Ils sont fatigués de la vie, ils attendent la mort et ils seront satisfaits avant peu. Je... je... disons que je prépare l'être nouveau, celui qui repeuplera la terre après la catastrophe. Je suis certaine que quelqu'un, quelque part, prépare de son côté l'être nouveau. Nous sommes peut-être nombreux, tu sais. Ces êtres se rencontreront, engendreront, survivront, tu comprends ? Mais ils doivent concentrer le *meilleur* de toute la Création, y compris l'homme, car la survie sera difficile... mais je rêve, je rêve... Tu crois que je suis folle ?

Elle m'a regardé en riant :

— Tu crois que je suis Carol la Dingue ?

— Je ne sais pas. Je ne trouve pas les mots.

Cette nuit encore, je n'ai pas pu dormir et je suis descendu dans le hall. J'ai regardé entre les perles. Carol était étalée sur un divan, sous une petite lampe, nue et apparemment endormie. J'ai écarté les perles et je suis venu m'asseoir à côté d'elle. La lumière de la lampe lui tombait sur le visage, la poitrine, le reste était dans l'ombre.

J'ai enlevé mon peignoir et je suis venu m'asseoir sur le bord du divan. Carol a ouvert les yeux. Elle n'a pas eu l'air surprise de me voir. Mais dans le brun de ses yeux, limpide et profond, je n'ai vu que le vide, la froideur, comme si je n'étais pas quelque chose avec un nom, des habitudes, mais autre chose — une puissance inconnue et lointaine.

Pourtant ses yeux disaient toujours oui.

Sous la lampe ses cheveux brillaient comme

dans un rayon de soleil, le rouge perçant le brun. Il y avait du feu en eux ; il y avait du feu en elle. Je me suis penché pour l'embrasser derrière l'oreille. Carol respirait avec force. Je me suis laissé glisser, j'ai léché les seins, le ventre, le nombril, encore les seins, puis j'ai descendu, descendu jusqu'à la lisière de la touffe et j'ai commencé à l'embrasser, à petits coups de dents, puis plus bas, puis de bas en haut, puis l'intérieur des cuisses. Elle s'agitait, avec un petit cri : « Ah, ah... » Je suis tombé à genoux devant sa fente, ses lèvres, et ma langue très lentement a dessiné un cercle tout autour de ses lèvres, puis un huit. Une petite morsure, et j'ai plongé ma langue par deux fois, à fond, je l'ai retirée et repassée sur les lèvres. Son sexe mouillait, avec ce léger goût de sel. Encore un huit, un soupir : « Ah, ah... », puis la fleur a éclos, j'ai aperçu le minuscule bourgeon et, du bout de la langue, le plus doucement possible, je l'ai léché, titillé. Ses jambes battaient, et comme elle essayait de me les nouer autour du cou je me suis cabré, un coup de langue, une pause, un baiser sur la gorge, une morsure, et mon pénis poussait, poussait, poussait jusqu'à ce que Carol mette la main dessus et le place au bon endroit. Je l'ai pénétrée et ma bouche a trouvé la sienne — on était scellés en deux endroits —, la bouche humide et fraîche, la fleur humide et chaude comme un four, et j'ai gardé mon pénis raide et immobile dans son corps et Carol se tortillait...

— Petit cochon, cochon... fort ! Plus fort !

Je ne bougeais pas, elle se débattait. J'ai appuyé mes orteils contre le bois du divan et j'ai enfoncé plus profond, toujours sans remuer le cul. Puis j'ai fait bondir mon pénis, trois fois. Carol m'a répondu en se contractant. On a remis ça, je n'en pouvais plus, je me suis presque retiré, j'ai replongé (chaleur, douceur), et encore une fois immobile avec Carol qui se tord sur moi comme le poisson sur l'hameçon. On a recommencé plusieurs fois puis, comme une bête, j'ai tisonné, ma queue gonflait, on a basculé, fondus en un seul corps (le langage absolu), basculé par dessus l'Histoire, nous, notre tête, la pitié et le jugement, par dessus tout dans la joie cachée de la Vie.

On a joui en même temps et je suis resté bien après que mon pénis ramollisse. Quand je l'embrassais, ses lèvres adoucies s'écartaient sous les miennes. Sa bouche s'offrait à tout. On est restés enlacés, tout tendres et tout légers, pendant une demi-heure, puis Carol s'est levée. Elle a d'abord été dans la salle de bains. Je l'ai suivie. Les tigres avaient disparu. Sauf le vieux Tigre tout feu tout flamme.

On a vécu ensemble, unis par le corps et par l'esprit, mais jamais, je le reconnais, Carol n'a cessé de voir aussi ses animaux. Plusieurs mois s'écoulèrent dans un bonheur sans nuage. Un jour, j'ai remarqué que Carol était enceinte.

Tout ça à cause d'un verre d'eau !

Un autre jour, on est descendus faire des courses en ville avec la bagnole. On a fermé la maison à clef, comme toujours. On ne se bilait pas trop pour les voleurs, vu que le tigre, la panthère et d'autres bestioles réputées dangereuses se baladaient dans le jardin. Pour la bouffe des animaux on se faisait livrer tous les jours, mais pour la nôtre il fallait descendre en ville. Les gens connaissaient bien Carol, Carol la Dingue, ils la reluquaient dans les magasins et maintenant j'en profitais moi, le nouveau chouchou, le nouveau vieux chouchou.

On a d'abord été au cinéma, mais le film était mauvais. A la sortie, une petite pluie tombait. Carol a acheté une robe pour future maman puis on est allés finir nos courses au marché. On est rentrés à petite vitesse, en bavardant, heureux. Nous étions des gens comblés : nous n'avions plus envie d'autre chose, nous n'avions pas besoin des gens et depuis longtemps on se fichait pas mal de ce qu'ils pensaient. Pourtant, nous sentions leur haine. Nous étions des hors-la-loi, qui vivaient avec des animaux, et les animaux (dans leur tête) constituaient une menace pour leur société. Et nous, une menace pour leurs habitudes. On s'habillait avec des vieilles fringues, ma barbe poussait en friche et j'avais des cheveux plein la tête, qui brillaient d'un roux franc malgré mes cinquante berges. Les cheveux de Carol lui battaient la croupe. On riait de tout, comme des gosses, et ça, les gens ne comprennent pas. Au marché, Carol m'avait crié :

— Hé, pépé, voilà le sel ! Attrape, vieux cochon de pépé !

Carol se tenait dans le passage, il y avait trois personnes entre nous et elle a balancé le sel par-dessus les gens. J'ai rattrapé, regardé la boîte.

— Mais non, ma petite pute chérie ! Tu tiens à me refiler des varices ? On prend du *iodé* ! Attention mes chéris, et gaffe au bébé ! Le pauvre moutard a tout le temps d'en prendre plein la gueule !

Carol a chopé la boîte et m'a renvoyé du iodé. Tronche des gens... C'est-y pas malheureux.

Une belle journée. Une belle journée, malgré le mauvais film. On s'était fait notre cinéma à nous. Même la pluie était chouette. On a baissé les vitres pour recevoir des gouttes. J'ai tourné dans notre chemin, et là Carol s'est mise à gémir. Un râle de terreur. Elle s'est effondrée, soudain blanche comme une morte.

— Carol ! C'est quoi ? Tu vas bien ?

Je l'ai serrée contre moi.

— Qu'est-ce qu'il y a ? Dis-moi.

— Je vais bien. Mais ce qu'ils ont fait ! Je le sens, je le sais, oh ! mon dieu, mon Dieu — oh ! mon Dieu les salauds ils ont fait ça, ils ont fait ça, salauds !

— Fait quoi ?

— Le meurtre, la maison, partout le meurtre...

— Attends-moi ici !

Dans le living, je suis tombé sur Bilbo l'orang-outang, un trou dans la tempe gauche et le crâne dans une flaque de sang. Il était mort : assassiné. Son visage était plein de sa grimace, une grimace de souffrance. Mais c'était comme si, derrière la souffrance, il avait ri, comme s'il avait salué la Mort, et que la Mort l'avait surpris, qu'il n'avait pas compris et qu'il avait grimacé au-delà de la souffrance. Maintenant, il en savait plus long que moi sur le sujet.

Ensuite ils avaient flingué Joe la Défonce, le tigre, dans sa planque favorite, la salle de bains. Joe avait été lardé de balles, comme si les assassins avaient sué la trouille. Le sang avait giclé partout et séché par plaques. Joe avait les yeux clos mais hors de sa gueule, figée dans un rugissement, les crocs saillaient, énormes, superbes. Mort, le tigre gardait plus de noblesse qu'un homme vivant. Dans la douche, le perroquet. Une seule balle. Le perroquet était tombé sur l'aile au bord de la gouttière, le cou et la tête repliés sous le corps, et son autre aile avait les plumes tout écartées, comme si elle avait essayé d'appeler.

J'ai fouillé les chambres. Aucune trace de vie. Tous massacrés, l'ours brun, le coyote, le raton-laveur, tous. Silence de la cave au grenier ; pas un mouvement. Il n'y avait plus rien à faire. J'étais bon pour un enterrement de grande envergure. Les animaux avaient payé pour leur liberté, et pour la nôtre.

J'ai nettoyé le living, notre chambre, j'ai frotté tout le sang que je pouvais avant de laisser entrer Carol. Ça avait dû se passer pendant le cinéma. J'ai serré Carol dans mes bras, sur le divan. Carol ne pleurait pas mais elle tremblait de tout son long. Je lui ai fait des caresses, en murmurant n'importe quoi... Par moment un sursaut la secouait, elle gémissait, « ooooh, oooh, mon dieu... » Au bout de deux heures elle a pleuré. Je l'ai consolée, cajolée. Elle n'a pas tardé à s'endormir. Je l'ai portée sur le lit, déshabillée, et j'ai rabattu la couverture.

Puis je suis sorti examiner la cour. Heureusement, ce n'était pas la place qui manquait. On allait passer en une nuit d'un Zoo libéré à un cimetière d'animaux.

Il m'a fallu deux jours pour les enterrer tous. Carol passait des marches funèbres sur le pick-up, moi je creusais, je descendais les cadavres et je les enfouissais. C'était d'une tristesse affreuse. Carol a fabriqué des plaques pour les tombes, puis on a bu un peu de vin, tous les deux, en silence. Des gens se pointaient, l'œil comme une soucoupe derrière la palissade, adultes, gosses, journalistes, photographes. Au soir du second jour, j'ai rebouché la dernière fosse puis Carol a pris la pelle et elle a marché à pas lents vers la foule. Les autres ont reculé, craintifs et marmonnant. Carol a balancé la pelle sur la haie. Ils se sont aplatis comme un seul homme en se protégeant du bras, comme si la pelle leur arrivait dessus.

— Maintenant, assassins, a crié Carol, soyez *heureux!*

On est rentrés dans la maison. Là dehors, il y avait cinquante-cinq tombes...

Quelques semaines plus tard, j'ai proposé à Carol de reconstituer un zoo, cette fois en laissant un garde en permanence.

— Non, dit-elle. Mes rêves... mes rêves disent que les temps sont proches. C'est la fin. On a juste eu le temps, mais on a gagné.

Je n'ai pas insisté. J'ai bien compris que Carol en avait sa claque. Le bébé s'annonçait pour bientôt, quand Carol m'a demandé si je voulais me marier avec elle. Elle a dit qu'elle ne courait pas après le mariage, mais elle n'avait pas de famille et me voulait comme héritier. Au cas où elle mourrait en couches, ou si ses rêves s'avéraient faux, au sujet de l'Apocalypse.

— Après tout, dit-elle, les rêves peuvent se tromper, même si les miens ont toujours vu juste.

Nous avons célébré notre mariage tranquillement, dans le cimetière. J'ai déniché un de mes vieux potes du quartier des clodos pour servir de témoin, et les gens sont revenus mater. La cérémonie n'a pas traîné. J'ai donné trois sous à mon vieux pote, et je l'ai ramené chez les clodos.

Dans la bagnole il m'a demandé, le goulot entre les dents :

— Tu l'as mise en cloque ?
— Oui, je crois.
— Y avait d'autres candidats ?

— Ben, oui.

— C'est toujours pareil, avec les nanas, on ne peut jamais être sûr. La moitié des types de la cloche sont là à cause des nanas.

— Ou de l'alcool.

— La femme vient d'abord, l'alcool suit.

— Je vois.

— On ne peut jamais être sûr, avec les nanas.

— Je sais.

Il m'a lancé un drôle de regard puis il est descendu.

J'attendais en bas de l'escalier, à l'hôpital. Drôle d'histoire, quand même. Tout ça parce que j'avais réussi à me tirer de chez les clodos jusqu'à cette baraque. L'amour, l'horreur. Mais au bout du compte, l'amour l'emportait sur l'horreur, et ce n'était pas fini. J'ai essayé de lire les résultats de base-ball, les courses. Aucun intérêt. Il y avait aussi Carol et ses rêves. J'avais confiance en elle, beaucoup moins dans ses rêves. C'est quoi les rêves ? Je n'en sais rien. Puis j'ai aperçu le toubib de Carol à la réception, en train de baratiner une infirmière. Je me suis dirigé vers lui.

— Ah, M. Jennings ! Votre femme va bien. Quant au fiston, c'est... c'est... un mâle, neuf livres et demi.

— Merci, docteur.

J'ai pris l'ascenseur et je me suis retrouvé derrière la cloison de verre. Des centaines de bébés étaient là en train de piailler, je les entendais à travers la vitre. Jamais, jamais ça n'arrêtait. Le coup de la naissance, le coup de la mort. Chacun son tour. On débarque tout seul et on repart tout seul. Et la plupart vivent tout seuls leur pauvre vie peureuse et amputée. Une tristesse épouvantable s'est abattue sur moi. Toute cette vie, promise à la mort. Toute cette vie qui bientôt se brancherait sur la haine, la folie, la névrose, la connerie, la peur, le crime et le rien, rien dans la vie, rien dans la mort.

J'ai dit mon nom à l'infirmière. Elle est passée de l'autre côté de la vitre et a trouvé notre enfant. L'infirmière a soulevé l'enfant avec un sourire. Ce sourire-là suait le pardon. Il le fallait bien. J'ai regardé notre enfant... impossible, médicalement impossible : ça tenait du tigre, de l'ours, du serpent et de l'homme. Du renne, du coyote, du lynx et de l'homme. Ça ne pleurait pas. Ses yeux, ils me regardaient, ils me reconnaissaient, et je savais qu'ils savaient. Une sacrée secousse, Man et Superman, Superman et Superbestiole. C'était totalement impossible et pourtant ça me regardait, moi le Père parmi d'autres pères, parmi d'innombrables autres pères... Alors la couronne du soleil a mordu l'hôpital, et l'hôpital a frémi jusqu'au toit, les bébés ont rugi, les lumières ont claqué, un éclair bleu a zébré la cloison de verre sous mes yeux. Les infirmières hurlaient. Les tubes de néon se sont décrochés droit sur les bébés. Et l'infirmière restait là, mon petit sur les bras, et elle souriait au moment où la première bombe à hydrogène explosait sur la ville de San Francisco.

TABLE DES MATIÈRES

Préface 7
La plus jolie fille de la ville 13
La vie dans un bordel au Texas 23
Le petit ramoneur 37
La machine à baiser 53
Trois femmes 69
Trois poulets 81
Douze singes volants qui ne sont jamais
      arrivés à baiser 95
Vie et mort d'un journal underground .. 105
Le jour où nous avons parlé de James
      Thurber 135
La politique est l'art d'enculer les mou-
      ches 147
Autant qu'on veut 153
La chatte blanche 161
J'ai vécu avec l'ennemi public n° 1 167
Comme au bon vieux temps 175
Le grand mariage zen 181
Cons comme le Christ 201
Pas de chaussettes 217
J'ai descendu un type à Reno 227
Carnets d'un suicidé en puissance 239
Le Zoo libéré..................... 247

L'impression de ce livre
a été réalisée sur les presses
des Imprimeries Aubin
à Poitiers/Ligugé

pour France Loisirs

Achevé d'imprimer le 25 mars 1982
N° d'édition, 6780. — N° d'impression, L 14421
Dépôt légal, avril 1982

Imprimé en France